AU LONG DES JOURS

DU MÊME AUTEUR

L'Un pour l'autre, Galilée, 1999 ; Folio, 2001

Lettre d'une amoureuse morte, Flammarion, 2000 ; Folio, 2002

Les Fleurs du silence, Flammarion, 2001 ; Folio, 2004

L'Ange de la dernière heure, Flammarion, 2002 ; Folio, 2005

Lumière invisible à mes yeux, Éditions Léo Scheer, 2003

Le Rêve de Balthus, Fayard-Léo Scheer, 2004 ; Folio, 2007

Le Cercle de Megiddo, Éditions Léo Scheer, 2005 ; Le Livre de Poche, 2007

L'Ombre des Autres, Éditions Léo Scheer, 2006

Journal intime, Éditions Léo Scheer, 2007

Suite de la bibliographie en fin de volume

www.leoscheer.fr

NATHALIE RHEIMS

AU LONG DES JOURS

roman

Éditions Léo Scheer

À Bettina

Le trac, la gorge serrée. Sur le clavier, mes mains tremblent. Pourquoi raconter cette histoire ? Celle de ma relation précoce avec Pierre, dans *Place Colette*, n'avait-elle pas suffisamment fait parler d'elle ?

Avec ce récit de ma première liaison, sorti il y a huit ans, j'ai eu le sentiment d'être miraculeusement passée entre les gouttes. L'initiation sexuelle d'une jeune fille de quatorze ans qui assume sa démarche, refusant de se présenter comme victime, aujourd'hui, aucun éditeur ne pourrait la publier sans s'exposer au lynchage.

Alors, qu'est-ce qui me pousse à révéler la suite de ma vie la plus intime, d'en écrire le chapitre suivant ? J'avais dix-huit ans, un âge où la question du consentement ne se pose plus, sinon autrement. Pourtant, ce n'est pas ça qui m'a donné envie de replonger, une fois de plus, dans les recoins invisibles de ma mémoire.

Un roman, un vrai. Je viens de passer plusieurs semaines à tenter d'en écrire un. Mais à quoi bon ?

Pourquoi inventer une fiction alors que le réel me fait signe ? Tel un serpent, il s'enroule autour de ma mémoire sans plus laisser de place à l'imagination.

En fait, je me moque de ce qui n'a pas été vécu. Ce serait si facile de renoncer à vivre pour ne pas mourir. Je lance ce défi à tout ce qui n'a pas eu lieu, pour mieux affronter ce qui a véritablement pris corps. Ce n'est qu'une question de dosage entre la vérité pure et la matière évanescente de nos souvenirs.

À une époque où la grisaille a fini par nous envahir, où le passé a plongé dans l'obscurité ceux qui ne furent que des étoiles filantes, à l'image des réverbères allumés, la nuit, le long des quais de Seine, quelle serait la trace d'une vie ?

La jouissance d'un secret bien gardé, c'est la certitude de ne jamais être capturée par une image, jetée en pâture au regard de tous.

*

Le silence. Puis les trois coups. Un bruissement sourd montait depuis l'immense salle du Théâtre de la Ville. Plongée dans le noir. Nous étions en 1977.

C'était à la fin de ma première année au Centre dramatique de la rue Blanche. J'avais entendu parler d'une audition importante qui devait avoir lieu bientôt. Déjà, pour moi, avoir réussi le concours d'entrée de cette École nationale supérieure était un bonheur inégalable.

J'aurais préféré arrêter mes études avant la terminale. Je détestais l'école, je me trouvais nulle, je m'y sentais malheureuse en tout, sauf en français et en histoire, mes deux passions de toujours. Mais rien à voir avec l'exaltation que me procurait le théâtre. À quelques mois du bac, j'en avais parlé à mon père. Il avait hésité et, après avoir réfléchi, il avait fini par me lancer ce défi :

« Si tu réussis à entrer au Conservatoire, je t'autorise à arrêter le lycée. »

À l'âge de 15 ans, trois ans plus tôt, je m'étais déjà inscrite à un cours. Je répétais dans ma chambre durant des heures. Pierre m'avait initiée au sexe, mais il m'avait aussi ouvert le chemin de ce métier magique, qui ne peut exister que sur scène. Je me sentais portée par un désir qui me dépassait.

À la fin du premier tour du concours d'entrée de « la rue Blanche », nous n'étions plus que cinquante candidats sur les six cents présents sur la ligne de départ.

Au deuxième tour, quinze jours plus tard, il fallait se confronter à ce qu'on appelle la « scène imposée », en l'occurrence, un monologue d'Elvire dans *Dom Juan* :

Ne soyez pas surpris, Dom Juan, de me voir à cette heure et dans cet équipage.

Méchant contre-emploi, car j'étais plus proche de l'Agnès de *L'École des femmes*. Pour la scène de mon choix, je décidai de jouer Églé dans *La Dispute* de Marivaux.

Trois jours après, je découvrais mon nom parmi ceux des dix-sept survivants. J'étais prise dans la prestigieuse classe de Michel Favory, que j'admirais tant. Le monde m'appartenait, c'était le plus beau jour de ma vie !

J'appelai mon père pour lui annoncer la bonne nouvelle. Après un court silence, il s'exclama :

« Ben alors, c'est la quille ! »

Mais c'était beaucoup plus que ça. C'était toutes les quilles de la Terre, le grand air, celui de la liberté.

Et me voici donc, jeune actrice, dans ce couloir du Théâtre de la Ville, assise sur ma chaise comme une présumée coupable, avant l'audience du tribunal, au milieu de toutes ces filles qui attendaient, elles aussi, que l'on décide de leur sort.

Déjà, passer une audition devant Jorge Lavelli, qui mettait en scène une pièce de Serge Rezvani, *La Mante polaire*, sur la vie de la Grande Catherine de Russie ; mais je savais qu'en plus, c'était Maria Casarès qui devait interpréter le rôle-titre.

Le metteur en scène cherchait une comédienne qui jouerait deux rôles : celui du « guide » des étudiants, au lever du rideau, puis, plus tard, Catherine enfant incarnant les rêves de la future impératrice. Trois filles avaient déjà été appelées, chacune était restée environ un quart d'heure. Celles qui ressortaient de la salle étaient assaillies de questions par les autres, qui attendaient leur tour. Moi, je n'écoutais rien, je restais concentrée, le cerveau vide.

Vingt minutes plus tard, j'entendis quelqu'un prononcer mon nom. J'attrapai ma veste et mon sac. L'assistante ouvrit une porte qui donnait sur l'immense salle de théâtre.

Le trac commençait à monter. Je découvris un espace, dans la pénombre, éclairé seulement par une lampe accrochée à un immense tréteau de bois posé sur des trépieds au milieu de la salle. Je distinguai cinq silhouettes installées derrière cet échafaudage improvisé. La scène ressemblait au pont d'un gigantesque navire voguant dans la nuit.

L'assistante me fit signe de rejoindre la scène. Je montai les quelques marches qui séparaient les ténèbres du paradis, puis j'entendis un homme que je ne parvenais pas à reconnaître, à contre-jour, me demander avec un fort accent latino-américain de me présenter.

Je me lançai. Qui j'étais. D'où je venais. Ce que j'aimerais faire. Je les entendais rire, en face. Il m'ordonna alors de lui réciter un poème.

J'avais choisi « Les Bijoux » de Baudelaire.

Ensuite, il me dit de ramasser une brochure posée sur le sol du proscenium et de lire le premier monologue de la première page. Je m'exécutai. Puis le silence. J'entendis seulement des chuchotements. Les secondes passaient aussi lentement que des heures. Soudain, un : « Bon, on arrête là ! » me prit par surprise.

Je restai debout sur la scène comme une poupée inerte.

C'est alors que je sentis quelqu'un s'approcher de moi dans le clair-obscur.

« Je vous prends. Pour le reste, voyez avec mon assistante. »

J'avais beau ne pas avoir conscience de l'enjeu, ni des personnalités qui m'entouraient, je me sentis comme soulevée par une émotion irrésistible. Nul besoin de percevoir précisément ce qui m'arrivait, je le vivais comme l'aboutissement de ces quatre années d'initiation à la vie adulte.

Depuis le temps, ma relation avec Pierre s'était progressivement estompée, comme si j'avais fini par faire le tour de ce que j'avais osé appeler un « détournement de majeur », et que la véritable passion qu'il avait fait naître en moi, celle du théâtre, avait fini par prendre le dessus.

Je commençais à avoir une certaine expérience de ce milieu si fermé. En quatre ans, avant même de réussir ce concours d'entrée, je m'y étais sentie comme en famille, sans me poser de questions sur ceux avec qui je partageais la scène, comme si tout était allé de soi.

J'avais commencé par jouer au Théâtre Montansier de Versailles. Je n'avais alors que 15 ans. C'est Marcelle Tassencourt, la directrice, qui m'avait repérée dans la classe de Périmony. Elle m'avait proposé de les rejoindre, elle et son mari, Thierry Maulnier, figure intellectuelle de l'entre-deux-guerres et de la Libération. C'était pour *Le Médecin malgré lui,* où je serais Lucinde.

J'avais aussi joué dans *Le Tartuffe*, interprété par Roger Hanin. Nous étions partis avec la troupe en tournée à travers la France, mais comme je n'avais pas l'âge requis, c'est lui qui avait signé le document par lequel il s'engageait, pour le temps de la tournée, à devenir mon tuteur. Il avait pris son rôle très au sérieux. À l'issue de chaque représentation, il me raccompagnait à l'hôtel, puis, après m'avoir embrassée sur le front, il me disait :

« File dans ta chambre ! »

Une fois dans mon lit, j'imaginais les grandes tablées, faites de rires, d'anecdotes et de vin. J'étais trop jeune pour les partager avec eux, mais cela ne m'empêchait pas d'être Marianne, chaque soir, avec passion.

J'étais en immersion dans le théâtre. Ce qui me laissait de moins en moins de temps pour le reste de ma vie. Juste après mon entrée à la rue Blanche, *La Mante polaire* m'avait semblé être une étape décisive.

Le fait de partager des moments avec un « monstre sacré » comme Maria Casarès m'apparaissait à la fois sublime et très simple, presque banal. Je ne comprenais pas vraiment ce que je vivais, ni avec qui. Je me laissais guider par mon instinct.

Je me tournai vers les mots avec avidité, ils étaient devenus ma nourriture quotidienne, mon principal repère dans cette destinée que je faisais mienne. Au début, j'avais principalement été éblouie par ceux de Molière ou de La Fontaine. Puis, progressivement, le périmètre s'était élargi, et je m'étais mise à devenir curieuse de tous les grands textes, classiques comme contemporains.

*

La chaleur devenait plus intense, je la recevais comme une brûlure. Nous étions au début de l'été. Les répétitions de *La Mante polaire* avaient commencé sous le grand dôme niché au sommet du Théâtre de la Ville. C'était une vaste salle dont le parquet faisait résonner le moindre de nos pas. Nous étions tous pieds nus pour mieux en ressentir les vibrations.

Maria Casarès était présente chaque jour, avec ses éclats de rire, les cigarettes qu'elle grillait les unes après les autres au point de faire flotter dans l'air un paysage de brume. J'ai encore d'elle, en tête, tous les instants de grâce où son beau visage formait une œuvre d'art. Ses cheveux coupés très court et sa silhouette lui donnaient l'air d'une adolescente qui aurait déjà vécu mille vies.

Nous répétions ensemble, ce jour-là, une scène où il s'agissait de se tenir par les mains, au centre du dôme, et de tourner sans s'arrêter durant de longues minutes, juste en nous regardant.

Au départ, cela pouvait ressembler à un jeu d'enfant, mais, progressivement, ses yeux, fixés sur moi, m'envoûtaient. L'intensité de son regard faisait remonter en nous les siècles passés. À la fin de la ronde, je disparaissais dans les coulisses, symbolisant ainsi la fin de l'enfance de la Grande Catherine. Maria restait alors seule en scène.

À chaque fois que nous reprenions la ronde, je sentais monter des larmes, elles coulaient sur mes joues malgré moi, sans que je puisse les retenir.

Serge Rezvani était lui aussi présent avec, à ses côtés, Lula, sa muse, sa femme tant aimée. Ils étaient inséparables, greffés l'un à l'autre. C'était, pour moi, une source d'étonnement : comment deux êtres pouvaient-ils s'aimer autant ? Cela ne ressemblait pas au comportement des adultes que j'avais rencontrés jusque-là.

Autour de nous, la distribution d'acteurs et de techniciens était exceptionnelle. Ils étaient nombreux, mais chacun était, dans son domaine, un monument du théâtre. J'étais à la fois émerveillée et inconsciente. La question de ma simple présence au milieu de ces étoiles ne m'effleurait même pas. J'étais là, voilà tout, et je me donnais tout entière, m'abandonnant aveuglément aux directives, parfois très musclées, de notre metteur en scène.

*

À cette époque, je voyais bien que mes amies de « bonne famille » étaient principalement occupées par le « Bal des débutantes », les robes qu'elles y porteraient et les jeunes gens, de non moins bonne famille, qui leur seraient présentés.

Cette perspective provoquait, chez moi, une sourde colère, qu'exprimait avec justesse Armande dans les *Femmes savantes* :

Mon Dieu que votre esprit est d'un étage bas !
Que vous jouez au monde un petit personnage,
De vous claquemurer aux choses du ménage,
Et de n'entrevoir point de plaisirs plus touchants,
Qu'un idole d'époux, et des marmots d'enfants !

Je n'aurais pu retrancher un seul mot de l'expression de cette rage qui couvait en moi, à l'idée du rituel des jeunes femmes de la bourgeoisie.

En suivant Pierre, j'avais choisi mon camp. Ce ne serait certainement pas celui qu'on attendait que j'adopte. Je m'étais retrouvée sur les planches comme sur un champ de bataille, et rien n'aurait pu me faire abandonner mon poste. Je le vivais comme une guerre.

Ma rupture avec cette passion triste, recouverte du linceul qu'on appelle le « milieu social », fut brutale et sans retour possible. Je ne pouvais qu'approfondir le fossé qui nous séparait désormais. Je sentais l'appel du large à travers tous les mots, toutes les émotions qu'il me suffisait de cueillir, comme ça, juste en passant.

J'étais encore considérée comme une enfant, et je sentais pourtant grandir en moi la figure de Catherine, impératrice qui parvint à annexer la Pologne et l'Empire ottoman au cours d'un XVIIIe siècle où les Lumières couvaient la Révolution.

Aurais-je un jour la noblesse de Maria ? Il me fallait chercher le chemin vers celle que je désirais devenir, et peut-être quelqu'un me l'indiquerait-il. Pour l'heure, les textes que je devais travailler ou jouer étaient mes seuls guides. Ma mémoire était devenue aussi puissante qu'un muscle d'athlète. Ainsi, il me suffisait d'entendre une seule fois une chanson pour, instantanément, la connaître par cœur.

Ma sœur m'avait offert, pour mon anniversaire, un tourne-disque Teppaz, instrument indispensable pour toutes les adolescentes depuis les années 1960. Grâce à cet appareil magique, j'avais pu mesurer à quel point ma mémoire était devenue puissante. Je me plongeais avec délice dans le répertoire de la « grande chanson française », de Trenet à Brassens, devenu, entre-temps, ma nouvelle idole.

*

Assise devant le grand miroir de ma loge, je me dévisageais. L'entracte avait pris fin. Qui était cette personne que je voyais dans la glace ? J'avais peine à me reconnaître. Mon visage était maculé de blanc, mes joues, peintes en rose, mes yeux immenses, cernés d'ombres bleues. Une lourde perruque, accrochée à mes cheveux grâce à des épingles, et un large élastique me serraient la tête. La robe de Catherine de Russie-enfant avait été conçue, comme les décors, par Ezio Frigerio. Ce costume, telle une armure, m'obligeait à économiser ma respiration.

Accablée par tout ce poids, j'attendais mon entrée en scène. Sur ma coiffeuse, des poudres, des fonds de teint, des fards à paupières se mélangeaient à la dague qui scintillait sous la lumière des ampoules entourant mon reflet.

On m'appela depuis le couloir. Je saisis le poignard. Dix minutes plus tard – c'était le temps qu'il me fallait, ainsi harnachée, pour rejoindre le plateau –, je me retrouverais face à Maria, à la défier en brandissant cette lame.

La couturière, puis la première étaient passées. Nous jouions déjà depuis quelques jours. Le décor de Frigerio était titanesque, fait de structures en divers métaux et acier. Nous évoluions dans un paysage d'apocalypse, entourés de barbelés, de camps militaires, au rythme, parfois assourdissant, des chevaux au galop au moment de l'assaut de la cavalerie.

Tout était dur et aride : le texte, la mise en scène, la scénographie. Mais quelle aventure exaltante étions-nous en train de vivre ! Et l'ambiance dans les loges était, la plupart du temps, faite de rires, de partage et de joie.

Nous jouions en alternance avec une pièce de Jean-Michel Ribes, *Jacky Parady*, pour que Maria puisse se reposer de la fatigue d'une telle performance.

La distribution de *La Mante* comptait très peu de femmes, à part quelques figurantes, qui jouaient les ouvrières d'une usine voisine. Elles apparaissent parfois, suspendues derrière des grilles.

Je m'étais liée d'amitié avec Christiane. Elle devait avoir la vingtaine, chaleureuse, bourrée de charme. Ses cheveux d'un roux flamboyant illuminaient l'espace autour d'elle.

Je découvris rapidement que Christiane connaissait des histoires incroyables sur le milieu de la chanson. Elle partageait d'ailleurs sa vie avec un comédien-chanteur, qui venait de la troupe de Roger Planchon. Beaucoup plus âgé qu'elle, il avait 45 ans et se nommait Jean Arnulf.

Cet artiste avait connu une certaine célébrité dans les années 1960, au point de devenir une figure de la chanson engagée. L'un de ses titres avait rencontré un véritable succès populaire, « Point de vue », dont le refrain illustrait de façon mordante la lutte des classes :

Faudrait voir à pas mélanger
Les torchons avec les serviettes,
Le caviar et la vache enragée,
Les clochards avec les starlettes.

La passion que nous partagions, Christiane et moi, pour la chanson française, celle des années 1950 et 1960, nous amenait à des débats sans fin, surtout, justement, à propos des chansons engagées.

Il y avait, derrière le théâtre, un disquaire, installé dans une sorte d'interminable galerie. L'entrée était consacrée à l'empire du rock, des Beatles, des Rolling Stones, des groupes exclusivement anglo-américains. Mais nous, ce qui nous attirait, c'étaient les artistes qui avaient su résister grâce à leurs textes immortels.

Plus j'alimentais mon Teppaz avec des vinyles déjà mythiques, mais qui avaient l'avantage d'être parfois soldés, plus ma fascination pour cet art poétique et musical grandissait.

J'avais fini par le considérer, contrairement aux idées toutes faites, comme un art majeur, parmi les plus difficiles, car il fallait, pour une chanson réussie, la conjonction miraculeuse d'un texte, d'une mélodie, la personnalité et la voix d'un interprète, le tout ramassé en un temps très court.

En moins de trois minutes, une chanson devait raconter une histoire, au même titre qu'un roman, une pièce de théâtre ou un film, et laisser, à celui qui l'écoutait, un souvenir indélébile. Je me passais en boucle « L'Orage » de Brassens :

En bénissant le nom de Benjamin Franklin
Je l'ai mise en lieu sûr entre mes bras câlins
Et puis l'amour a fait le reste

Pour moi, la chanson, c'était ça : un concentré de poésie, libéré de toute doctrine. Pour Christiane, au contraire, la chanson devait être « utile », elle ajouta :

« Nous en reparlerons ce soir avec Jean. Il m'a dit qu'il venait voir le spectacle avec un ami. »

Je priai pour qu'il n'ait pas lu le massacre de la pièce signé Colette Godard, la papesse de la critique dramatique dans *Le Monde*.

Pour me consoler, je prenais du recul : qui se souviendrait des terribles oukases de madame Godard, qui disparaîtrait certainement dans les oubliettes de l'histoire du théâtre ? tandis que ceux qu'elle descendait gratuitement, par pure méchanceté, auraient trouvé, chemin faisant, leur part d'éternité.

Pendant que Maria restait seule en scène, triomphante, sous des applaudissements sans fin, nous avions tous rejoint nos loges respectives.

L'habilleuse terminait de desserrer mon corset. Je me débarrassai, à la hâte, des jupons qui m'entouraient, m'allégeant ainsi d'une dizaine de kilos. Ma perruque avait désormais rejoint sa tête de mannequin en bois.

Pressée d'enfourcher mon vélo pour rentrer chez moi – enfin, chez mon père, j'enfilai mon jean, mon gros pull et mes baskets.

À la maison, tout le monde était parti. Ma mère avait suivi son artiste, ce paysagiste belge qui avait la manie de tout peindre en bleu. Mon frère et ma sœur avaient, eux, fui le domicile familial pour vivre leur vie. J'étais restée seule avec mon père, chacun sur son territoire, lui dans ce qui ressemblait à un cabinet de curiosités, moi, dans le coin des enfants, dont j'étais l'ultime occupante.

Nous avions, lui et moi, un seul point commun entre nos deux espaces : l'unique porte d'entrée, source de nombreuses situations rocambolesques.

En réalité, j'avais complètement oublié ce que m'avait dit Christiane à propos de la visite de son compagnon, qu'elle tenait à me faire connaître. Quand j'entendis frapper à la porte de ma loge, je ne fus pas loin de garder le silence et d'attendre que ces visiteurs finissent par abandonner. Après tout, ils n'avaient qu'à venir plus tôt. Je finis pourtant par prononcer le mot fatidique :

« Entrez. »

Je l'avais articulé tout en priant le ciel pour que ce soit une erreur. Ce soir-là, dans mon esprit, je n'attendais personne. Christiane passa la tête par l'embrasure de la porte et me demanda en riant si j'étais à poil.

*

Elle s'avança dans ma loge, suivie par deux hommes qu'elle ne tarda pas à me présenter. Il y avait Jean, son amoureux mais, pour le deuxième, elle ne prononça aucun nom.

Je vis avancer, vers moi, une silhouette étrangement familière. Il avait le sourire le plus beau, le plus franc, le plus charmant de tous ceux qu'il m'avait été donné d'apercevoir. Il n'était pas grand, habillé tout en noir; je regardais fixement ses cheveux, qui l'étaient tout autant, d'un noir de jais, denses, épais, ondoyant sous la lumière.

Il me tendit la main, et me dit qu'il avait beaucoup aimé le spectacle. Que ma présence l'avait à la fois ému et impressionné. Je n'en revenais pas d'entendre ces mots, si gentils, manifestement sincères, et remplis d'une douceur insaisissable.

Je ne savais comment lui répondre, sinon par des « merci », comme si j'avais été transformée en jouet mécanique. Je pris une grande inspiration pour lui dire d'une traite, à mon tour, que j'adorais ses chansons, que « Faut vivre » était ma préférée, que je la connaissais par cœur :

Malgré le cœur qui perd le nord
Au vent d'amour qui souffle encore
Et qui parfois encore nous grise
Faut vivre

Je lui avais récité les vers de sa chanson comme s'il s'était agi d'une réplique de théâtre. Il eut un rire lumineux, et poursuivit notre conversation en me trouvant bien jeune pour aimer un texte aussi désespéré. J'affirmai au contraire que, pour moi, il était plein d'un espoir presque juvénile.

Je lui demandai s'il chantait en ce moment. Il me répondit qu'il jouait certains soirs à la Villa d'Este.

*

C'était un célèbre cabaret qui jouxtait le restaurant La Caravelle, rue Arsène-Houssaye, près des Champs-Élysées. Un certain « Tout-Paris » s'y bousculait. On y croisait des artistes venant de plusieurs domaines, des chansonniers comme des chanteurs : Dalida, Brel, Brassens ou Aznavour...

« J'y serai vendredi, enchaîna-t-il. Venez quand vous voulez.

— Allez, on va dîner ! » lui dit alors brusquement son copain.

Il faut dire que je ne lui avais pas beaucoup prêté attention. Ça m'ennuyait d'avoir vexé le petit ami de Christiane, mais j'étais perdue dans mes rêves, et je dois avouer que, finalement, je m'en fichais. C'était l'autre visiteur qui occupait mon esprit. Entre mes 18 ans et ses 55, le temps s'était désagrégé comme s'il avait percuté une force supérieure et nous avait projetés, tous les deux, dans un autre espace où rien n'avait plus d'importance.

Depuis le couloir, Christiane avait entrouvert la porte de ma loge pour me faire un clin d'œil. J'étais debout, seule, comme irradiée par la foudre.

Je restai assise un long moment devant le miroir. Le regard fixe.

Les comédiens sortaient, un à un, je percevais le bruit de leurs conversations, les éclats de voix qui accompagnaient leurs blagues, leurs cavalcades dans les escaliers. Maria, qui avait vu un rayon de lumière sous la porte, la poussa légèrement pour voir si j'étais seule. Elle me proposa une clope que je m'empressai d'allumer.

Elle s'installa sur un canapé dans lequel je m'endormais parfois entre les raccords qu'il nous arrivait de faire avec Lavelli au cours de l'après-midi. J'en profitais alors pour m'assoupir avant la représentation.

Le soir de la générale, Maria avait déposé sur ma coiffeuse une ravissante bague de forme carrée en onyx. Je m'étais empressée de la glisser au majeur de ma main gauche. Son geste m'avait bouleversée. Un petit mot l'accompagnait :

Sois heureuse.
Signé, Maria.

« Tu la portes ? me demanda-t-elle, prenant ma main tout en tirant sur sa cigarette.

— Pour toujours, lui répondis-je. »

Tandis que je prononçais ces mots, ma voix tremblait. Je regardai ses doigts légèrement jaunis par le tabac. Ils étaient si fins, pareils à ceux d'une enfant.

Nous sommes restées un long moment, ma main posée dans la sienne, à parler de nous, de la solitude, du théâtre. Elle connaissait Jorge Lavelli depuis longtemps.

Soudain, sans prévenir, alors que j'aurais pu en apprendre plus, elle s'éclipsa, sans dire un mot, je la vis glisser, comme si elle avait flotté au-dessus du sol.

En rentrant chez moi, j'entendis du bruit provenant de l'appartement de mon père. Il devait recevoir. Sûrement une de ses femmes ou bien une autre. Je me faufilai dans ma chambre, détestant l'idée de croiser quelqu'un. Je m'écroulai sur le lit.

Dans ma tête, c'était le grand 8. Mon esprit avait été happé par une force centrifuge. Le visage de celui que je venais de rencontrer avait pris possession de moi. Son sourire, tel celui du chat du Cheshire, suivant les pas d'Alice, m'avait envahie.

Il était bien plus de minuit. En me faisant couler un bain, je me disais que mon cœur n'avait palpité qu'une seule fois dans ma vie. Ce corps, le mien, était à moitié vierge.

Et puis, à part ses chansons, je ne savais rien de lui, je n'avais pas même lu un de ses livres. Lui qui rêvait avant tout d'être écrivain. J'étais peut-être en train de délirer, de me raconter une histoire car, depuis Pierre, mon cœur était resté au point mort.

Je devais me rendre à l'évidence : j'étais tombée amoureuse de lui au premier regard.

Je me disais qu'avec lui, ce serait différent. Pierre, ce fut une passion marquée par la découverte de mon corps. Avec lui, j'avais l'intuition que ce serait surtout rempli de joie et de tendresse. Il me fallait bien reconnaître que j'avais un goût prononcé pour les hommes beaucoup plus âgés que moi. Trente ans d'écart avec Pierre, trente-cinq avec lui, je ne faisais pas dans le détail pour mon éducation sentimentale.

*

La fréquentation des garçons de mon âge m'ennuyait au plus haut point. Alors qu'un homme cabossé par la vie, c'était tellement plus intéressant, plus profond et, le plus souvent, si émouvant. Je voyais bien que tout était fait, dans notre monde, pour effacer les traces laissées par la vie. Il aurait fallu, en permanence, être en lutte contre les rides et autres dommages causés par l'âge.

Il est possible que ce soit différent pour les femmes. Je comprends la peur obsessionnelle de vieillir qui nous conduit, parfois, à des excès dévastateurs.

Un garçon de mon âge me donnait, la plupart du temps, une irrépressible envie de bailler. Tout, chez eux, était si lisse, convenu, prévisible, que cela me tombait des mains.

Ce que je pouvais vivre avec ces hommes, qui apparaissaient à d'autres comme des vieillards, me fascinait. C'était leur parcours et une certaine joie enfantine qui continuait à faire vibrer en eux la curiosité, le désir, le charme, leur quête d'éternité.

À 18 ans, je me contentais de remarquer que ceux de mon âge m'assommaient et qu'avec ce nouvel espoir d'un amour naissant, j'étais peut-être à l'aube d'une merveilleuse aventure. Pour le protéger, il m'était impossible de le partager avec qui que ce fût. Je m'étais promis de le garder secret, caché au fond de mon cœur.

Il me fallait attendre vendredi, alors qu'on n'était que mercredi. Ça me paraissait insurmontable. Comment ferais-je pour supporter toutes ces secondes, ces minutes, qui me séparaient de notre deuxième rencontre ? Je me mis à passer en boucle ses chansons sur mon Teppaz.

*

Ce vendredi-là, je m'étais réveillée tard. La veille, après la représentation, j'étais allée prendre un verre avec Christiane au Sarah-Bernhardt, un grand café qui se trouvait dans le prolongement du Théâtre de la Ville. En fait, c'était le nom que portait ce théâtre au moment de sa création.

Je me confiai à elle sur ce sentiment d'extase et d'émotion qui me poursuivait depuis mon premier contact avec lui dans ma loge, et sur mon désir d'aller l'écouter chanter le soir à la Villa d'Este. Je lui décrivis ma peur de l'inconnu, je redoutais de me sentir comme une cruche en arrivant seule dans ce lieu. C'est vrai que celui que j'avais à peine entrevu m'apparaissait comme un mystère, alors que son sourire disait le contraire.

Elle m'écouta avec attention, puis, après un silence un peu théâtral, elle me mit en garde. Elle me parla de sa passion pour les femmes, de ce penchant bien connu chez lui, et aussi de « Madame », « l'officielle », une certaine Liliane, qui avait l'air d'avoir le profil d'un cerbère. Tout ce qu'elle me raconta ne fit que renforcer mon désir d'aller plus loin, d'explorer cette nouvelle terre qui n'avait rien de paisible, et me donna une envie redoutable de partir découvrir ce nouveau monde. J'avais surtout le cœur prêt à se décrocher, tant il battait fort.

*

À 22 heures, je poussai, enfin, la lourde porte du cabaret. J'avais acheté *L'Officiel des spectacles*, instrument indispensable des sorties parisiennes, pour m'assurer qu'il chantait bien ce soir-là et vérifier l'heure de son tour de chant. Je fus accueillie, à l'entrée, par un homme qui me demanda à quel nom était ma réservation.

« Je n'ai pas réservé, m'excusai-je, la voix étouffée par l'émoi, j'ai été invitée. »

Après lui avoir donné mon nom, je le vis tourner les talons et s'absenter quelques instants. De loin, je l'aperçus qui me faisait signe de le suivre. Il m'installa, sans dire un mot, à l'écart des tables entourées de banquettes capitonnées, dans un coin tranquille, loin des bruits de fourchettes et des rires des spectateurs qui terminaient leur repas avant d'assister au spectacle. Tous semblaient se connaître, comme des habitués, ils s'apostrophaient d'une table à l'autre.

Le lieu était plutôt vaste, marqué par un style à la fois désuet et confortable. On apercevait un immense bar où toutes sortes d'alcools s'alignaient, scintillant sous une lumière tamisée. On sentait flotter des fantômes de toutes sortes, des artistes, des voyous, des gens riches et quelques simples touristes. Mon cœur n'en pouvait plus de battre la chamade pour on ne sait quoi. Puis les tables furent débarrassées, seuls les verres restaient sur les nappes.

La lumière baissa en intensité, la scène s'illumina. Le silence s'installa, comme si nous avions été transportés dans un lieu sacré. Puis il arriva. Je remarquai, en lui, une posture d'humilité profonde qui contrastait avec sa façon très professionnelle de fendre le rideau de velours pourpre. Il portait une chemise blanche, un pantalon et un pull noir.

Il était encore plus beau que le soir de notre première rencontre. Son sourire! J'aurais voulu l'emporter dans ma tombe. Après les applaudissements, il commença, sans préambule, son tour de chant, par une de ses chansons les plus connues, « Comme un p'tit coquelicot ».

Dès les premières notes, une vibration dans la salle m'indiqua qu'elle était un signe de ralliement pour ses admirateurs, semblables à une secte pratiquant un certain rituel.

Mais sous le corsage blanc
Juste où battait son cœur
Y avait trois gouttes de sang
Qui faisaient comme une fleur
Comme un p'tit coquelicot, mon âme
Un tout p'tit coquelicot

Cette chanson incarnait toute la poésie française, hommage au *Dormeur du val* d'Arthur Rimbaud :

Il dort dans le soleil, la main sur sa poitrine,
Tranquille. Il a deux trous rouges au côté droit.

*

Il enchaîna ensuite avec cinq autres chansons, avant de refermer le tour par son célèbre « Un jour tu verras », qui fit un triomphe.

Quelque part, n'importe où,
Guidés par le hasard,
Nous nous regarderons
Et nous nous sourirons,
Et, la main dans la main,
Par les rues nous irons.

Alors qu'il s'apprêtait à quitter la scène, il fut retenu par la demande générale :
« Une autre, une autre ! »

Il clôtura ce petit récital avec « Faut vivre », qu'il chanta sans me quitter des yeux, comme pour me dire : ce soir, elle est pour vous, elle est pour toi. Il savait, depuis l'autre fois, que c'était ma préférée.

Je ne lâchai pas non plus son regard si doux, si profond que j'aurais pu le suivre jusqu'en enfer. Je fus tant troublée par ce regard posé sur moi, que je vérifiai que les autres spectateurs ne s'en étaient pas aperçus, qu'ils n'étaient pas choqués. Rien de tel. Tout se déroulait de façon naturelle, comme allant de soi, je pouvais m'abandonner à la magie de cet instant.

Le spectacle terminé, le public commença à se lever. La soirée s'achevait sur un moment de grâce. Ces quelques chansons avaient, sans doute, réveillé des souvenirs de toutes sortes. Nombreux étaient les couples qui se tenaient par la main. J'imaginais que la plupart d'entre eux n'étaient peut-être pas trop légitimes.

Au vestiaire, c'était la bousculade. Je regardai la salle se vider. J'attendais, assise à ma table, un peu tremblante, un peu gênée, sans oser bouger lorsque, tout à coup, il apparut. Il portait une écharpe, un caban noir.

« Prends ton manteau et suis-moi », me dit-il sur un ton tendre, qui contrastait avec le caractère impératif de ces paroles.

Je le suivis. Il salua le personnel :

« À demain ! »

*

Nous nous tenions debout tous les deux sur le trottoir de la rue Arsène-Houssaye. J'ai pensé que ce cadre lui plaisait, comme de respirer un peu d'air frais. D'habitude, j'étais pétrifiée par le froid que je considérais comme mon ennemi intime. Au moment où j'étais en train de me dire qu'il faisait particulièrement froid par cette nuit de novembre, je l'entendis me demander :

« Tu aimes marcher ? »

J'hésitai. Mais finalement, je fis un signe de la tête pour acquiescer. Cela me surprit moi-même, mais tout me semblait si intense qu'au bout de quelques pas, je ne m'intéressais plus à la température. Il m'avait recouverte de son écharpe.

Nous commençâmes notre périple en descendant les Champs-Élysées. Il voulait tout savoir. Qui était cette très jeune femme qui avait déboulé ce soir pour l'écouter chanter ? Quelle était mon histoire ? Ma famille, pourquoi le théâtre ? J'essayais de répondre à cet interrogatoire. Une épaisse buée s'échappait de mes lèvres.

Parfois, il s'arrêtait pour me regarder, surpris, il riait sans dire pourquoi, puis redevenait silencieux.

« Et vous ? racontez-moi tout aussi. »

Ma question, aussi vaste qu'abrupte, lui parut sans doute trop générale pour qu'il puisse y répondre dans l'instant.

Nous traversâmes la place de la Concorde, puis, en avançant sur les quais de Seine, il me prit la main. Elle était glacée, mais la sienne était chaude. Je sentis ses doigts enlacer les miens. Ses paumes étaient larges et solides, ses doigts plus graciles, surtout ses phalanges, elles avaient quelque chose de féminin.

Au moment où nous approchions du quai de la Mégisserie, il commença à se raconter.

« J'aime les femmes, me dit-il en préambule, je ne veux, à aucun moment, te faire souffrir, et puis, je suis mariée à quelqu'un de très jaloux, ce n'est pas facile. Je préfère que tu le saches. »

Ma réponse, probablement, le rassura. Je lui racontai Pierre, cet étrange premier amour. C'était fini. Désormais, je n'attendais rien d'autre que de pouvoir passer des moments privilégiés avec lui.

Après avoir pris mon élan, je lui confiai que c'était comme ça, que j'étais tombée amoureuse de lui au premier regard, dans la seconde, mais que je me contenterais de vivre ce qui lui semblerait possible.

« Toi aussi, tu me plais. Alors, comme ça, tu aimes les vieux ? »

Il avait prononcé cette phrase dans un éclat de rire. Peut-être avait-il raison, mais je crois que sa main dans la mienne signifiait quelque chose de bien plus sincère. Comme si cela avait été moi, la vieille âme, partie à la recherche d'un passé lointain que je n'avais pourtant pas connu.

Ensuite il me parla de Prévert, de Cris Carol, avec qui il avait écrit des chansons.

*

Il commençait à être tard dans la nuit, je ne sentais plus ni le froid, ni la fatigue, nous déambulions depuis des heures. J'étais frappée par la différence entre nous, mais je ne pensais pas à nos âges. Nous étions, d'une certaine façon, aux antipodes l'un de l'autre, et pourtant, on aurait dit deux gosses qui avaient grandi ensemble.

Je lui demandai si le théâtre n'avait pas joué un rôle similaire dans nos enfances pourtant si opposées. Je lui décrivis quelques scènes de mon entrée dans la vie. Il enchaîna en me racontant ce qui était resté marquant pour lui.

Quand j'y repense, c'est fou tout ce qu'il put me révéler dès cette nuit-là. Alors que durant l'année qui suivit, malgré ces heures passées à se confier, il resta toujours un mystère à mes yeux, un être dont il était impossible de pointer ni le périmètre ni l'axe, il y avait quelque chose, chez lui, qui échappait à tout, à tous.

Devinant que ce paradoxe avait traversé mes pensées, il voulut me confier l'idée dont lui avait fait part Prévert à ce sujet :

« Quand je ne serai plus, ils n'ont pas fini de déconner, ils me connaîtront mieux que moi-même. »

Je crois bien que c'est cette anecdote qui m'a empêché de trahir le secret de notre relation, tel que je me l'étais juré à moi-même.

Je lui racontai, par bribes, certains aspects pervers de ce qu'on appelle la jeunesse dorée. Il se mit à raconter la sienne qui, à l'opposé, n'était faite que de misère et de violence.

Il me parla, sans hésitation, des conditions de sa venue au monde à Paris, de sa mère, Eugénie, originaire de Bretagne, qui faisait des ménages. Elle était souvent en proie à des crises de démence qui se concluaient toujours par des accès de maltraitance, puisque des deux frères, c'était lui qu'elle préférait prendre pour cible.

Surtout, disait-elle, parce qu'il ressemblait plus à son père, Saïd, venu de Kabylie. Il exerçait des petits boulots dans le bâtiment, était la plupart du temps au chômage, et ne savait ni lire ni écrire. Mais c'était de son père qu'il était fier, celui qui l'avait fait entrer au Parti et l'emmenait à la fête de l'Huma depuis ses 8 ans.

Les membres de la famille dormaient tous les quatre dans le même lit. Les deux garçons, aux pieds de leurs parents, étaient couchés à la perpendiculaire. Obligés de déménager souvent à cause des drames provoqués par Eugénie, ses deux fils qui avaient, alors, 10 et 11 ans, vécurent son internement à l'hôpital psychiatrique de Maison-Blanche comme un soulagement.

C'est à ce moment-là qu'ils découvrirent un autre monde, celui des artistes et des intellectuels qui rejoignaient les ouvriers dans leurs luttes, à travers le parti communiste et ses sympathisants. Ils interprétaient des pièces de théâtre dans les usines en grève. Saïd était un membre très respecté du Parti, et avait inscrit ses deux garçons dans le mouvement de jeunesse communiste : les « Pionniers ».

C'était le début des années 1930, juste après le krach de 1929 et avant l'avènement du Front populaire. Le théâtre, à travers le groupe Octobre, devint leur famille adoptive, et les deux frères se mirent à habiter chez les uns et chez les autres, c'était l'usage.

Tout le monde trouvait ce petit garçon absolument irrésistible, véritable Gavroche du

XXe siècle qui s'exprimait avec la gouaille des titis parisiens. Mais chez lui, ce n'était pas joué, c'était authentique.

Finalement, pour lui comme pour moi, le théâtre nous avait permis d'échapper à nos familles. Arrivée devant chez mon père, je lui dis :

« C'est ici que j'habite. »

Il était 3 heures du matin. C'est alors qu'il prit mon visage entre ses mains, ses yeux avaient pénétré les miens, il attendait. Je lui souris, sa bouche attrapa mes lèvres qui s'entrouvrirent pour accueillir ce premier baiser, long, sublime, magique et si délicieux.

*

Longtemps, j'ai repensé à cette première soirée avec lui. Nous nous étions dit tant de choses, au cours de cette promenade. Il fallait m'imprégner de tout ce qui s'était passé, de tout ce qui s'était dit.

J'ai voulu le garder secret, surtout parce que je n'étais pas sûre d'avoir compris. Mais aujourd'hui, quarante-cinq ans après, j'ai passé tant de temps à écouter et réécouter ses chansons, à lire ses livres, que je me sens prête à en faire le récit.

Cela tient en quelques mots, en deux ou trois vers, comme dans son « Autoportrait » :

Catholique par ma mère,
Musulman par mon père,
Un peu juif par mon fils,
Athée, oh grâce à Dieu

Nous avions en commun une profonde détestation de l'école, qui était, dans notre esprit, comme une prison. J'ai réussi à la fuir grâce au théâtre où j'ai commencé à travailler dès l'âge de 15 ans. Pour lui, qui avait grandi entre les deux guerres mondiales, c'était moins évident de trouver un moyen pour survivre. En réalité, dès l'internement de leur mère, pour les deux garçons, la vraie école, ce fut la rue. L'exercice de base consistait à marcher sans cesse dans Paris, cette ville merveilleuse, à regarder, observer, écouter, rencontrer plein de gens.

C'est là qu'il avait attrapé cette gouaille de Belleville, si pleine de charme et proche de ce peuple qu'il aimait tant. S'il avait été une femme, ç'eût été la Arletty de *Hôtel du Nord*, chantant les dialogues d'Henri Jeanson dans le film culte de Marcel Carné :

Atmosphère, atmosphère !
Est-ce que j'ai une gueule d'atmosphère ?

Durant les années 1930, les titis parisiens étaient très recherchés dans le monde du spectacle. La compétition pour décrocher les rôles dans les films faisait rage.

Il ne suffisait pas d'être doué. Il fallait être capable de toujours paraître n'avoir que 10, 12 ans au long de la décennie que pouvait durer une carrière. Au théâtre, au cinéma, sans oublier dans les publicités qui faisaient leur apparition sur des stations comme Radio Paris.

Le temps qui passe, mine de rien, est une menace permanente. Dès qu'on en vient à perdre cet enchantement si particulier d'un enfant dégourdi, à la fois farceur et déluré, tout en gardant ce lien indestructible avec Paris et ses rues, on est vite oublié.

*

Lorsque nos regards s'entrelaçaient, comme quand il m'avait chanté « Faut vivre », et qu'il faisait le récit de son enfance, à la fois terrible et miraculeuse, il me faisait monter les larmes aux yeux. Il ne pouvait pas changer son identité si particulière, c'est comme cela qu'il s'était construit. Je l'imaginais entouré de ces artistes extraordinaires, qui les avaient pris sous leur protection, son frère et lui, devenant une famille d'adoption, les hébergeant, les nourrissant, les aidant à trouver du travail.

Quelques personnalités, souvent au début de leur carrière, qui n'étaient pas encore connues, s'étaient illustrées dans ce rôle de parrains de la misère.

Jean-Louis Barrault, qui commençait tout juste à percer, occupait un immense grenier au 7, rue des Grands-Augustins. Cet espace lui permettait de répéter des pièces de théâtre. Au moment où le gamin fut recruté, le groupe Octobre répétait *Le Tableau des merveilles* de Cervantes, adapté par Jacques Prévert.

Ce dernier, lui aussi, était encore assez peu connu à l'époque. Il ne devint immensément célèbre qu'après la guerre, avec la sortie du recueil *Paroles* en librairie. En attendant, il était le chef de file du groupe Octobre qui, par principe, n'en avait pas, de chef.

À 12 ans, en 1935, les deux frères les rencontrèrent tous. Je prononce leurs noms dans ma tête tant je trouve cette liste incroyable, tel un inventaire – à la Prévert. Ils s'appelaient : Raymond Bussières, Paul Grimault, Sylvain Itkine, Lou Bonin, Arlette Besset, Gisèle Fruhtman, Margot Capelier, Jacques Brunius, Jean Loubes, Roger Blin, Sylvia Bataille, Maurice Baquet, Marcel Duhamel, Pierre

Prévert (le frère de Jacques), Gazelle Bessières, Guy Decomble, Jean-Louis Barrault, Jeannette et Lazare Fuchsmann, Yves Allégret, Fabien Loris, Jean Ferry, Jean-Paul Le Chanois, Max Morise…

En réalité, ce groupe d'artistes ne formait qu'une de ses familles de cœur. Il en avait beaucoup d'autres. Dans ce grenier, tous travaillaient, se nourrissaient et pouvaient même rester dormir. Chaque semaine, une fête était organisée pour une centaine de personnes.

C'était à la fois un laboratoire de l'avant-garde artistique, un club de rencontre et un hôtel de secours pour les miséreux. Certains peintres se mêlaient à ces comédiens, c'est ainsi que Picasso découvrit ce lieu et l'acheta pour en faire l'atelier où il commencerait à peindre l'immense *Guernica,* exprimant le choc que furent, pour tous, le massacre et les bombardements de cette ville pendant la guerre d'Espagne, et la vision qu'eut le peintre de ce que cela préfigurait pour le reste du monde. Nombreux étaient les États qui avaient laissé tomber les républicains espagnols. Ils chantaient :

Il nous faut des armes
C'est un cri d'alarme,
Il nous faut des balles des fusils !

Il y avait aussi d'autres familles de substitution, chez qui les deux frères pouvaient rester dormir, comme les Desnos. Robert, le poète, et sa compagne Youki, ex-Mme Foujita, qui vivaient au 39, rue Mazarine.

Et puis il y avait Marcel Duhamel et sa compagne, Gazelle, qui occupaient un grand appartement rue de Varenne. Marcel Duhamel, futur créateur de la « Série noire » chez Gallimard, décida de jouer sérieusement le rôle du père adoptif, et de faire découvrir aux garçons les merveilles du monde moderne : les voitures, le téléphone… Avec Gazelle, ils les habillaient chez Old England pour les rendre présentables, et tentèrent même de leur apprendre les bonnes manières, avec un succès relatif.

*

En rentrant, j'avais pris soin de ne pas faire de bruit, même si mon père menait sa vie. La majorité à 18 ans avait été votée en 1974. Mais tout ça restait très aléatoire pour la société des bien-pensants. Et puis, je désirais plus que tout garder le secret de cette rencontre, pour protéger cet homme que j'aimais sans le connaître vraiment. Mais aussi parce que j'avais le sentiment que cette relation qui, pour le moment, n'avait pas de nom, constituait pour moi un immense trésor.

Peu m'importait ce qui pouvait se passer entre nous, cette promenade, ce baiser resteraient, même s'ils pouvaient n'être qu'uniques, un souvenir que je dissimulerais dans une boîte. Un jour, dans bien des années, me disais-je, il ressortirait sous une forme ou sous une autre, je laisserais la vie en décider.

J'étais étourdie lorsque j'ouvris les yeux. Dehors, il faisait encore nuit, j'étais restée tout habillée pour ne pas me détacher de son odeur, mélange de cire et de fleurs sauvages. Je grelotais.

Lorsque nos lèvres s'étaient séparées, j'avais disparu derrière le lourd portail, ne sachant pas si j'allais le revoir un jour, ni de quel moyen je disposais pour y parvenir.

*

C'est dans un bain brûlant, après avoir enfoncé ma tête sous l'eau, que je retrouvai un cerveau capable de raisonner. Ce soir, c'était encore relâche au Théâtre de la Ville. Je dînerais seule, à moins que mon père, à un moment, passe une tête pour voir ce que je trafiquais.

Je crois que notre intérêt commun était de faire le moins possible intrusion dans nos vies respectives. Après m'être habillée, je décidais d'aller chez Lido musique, sur les Champs-Élysées, bien déterminée à m'acheter tous les albums de ses chansons manquants à ma collection.

En marchant dans les rues, je me demandai pour qui il avait écrit « Un jour tu verras », ou à qui il avait chanté pour la première fois « Comme un p'tit coquelicot ».

Je l'entendais chanter au fond de moi. Je regardais une à une toutes les pochettes qui renfermaient ses vinyles. Je caressais l'image de son visage.

En ressortant du magasin, je remontai les Champs pour me rendre devant la Villa d'Este. Mais pas question d'y traîner, même s'il y chantait de nouveau.

Je ne voulais en aucun cas lui sembler folle, c'était donc à moi d'attendre sagement qu'il me fasse signe. J'avais commencé à dévorer ses livres, la majorité parlait de lui, de son enfance, de sa vie. Plus tard, j'ai compris ce que cela voulait dire, d'avoir partagé des moments volés auprès de lui, durant cette année 1978.

Ce soir-là, je retournais au théâtre. Ces deux jours de relâche m'avaient tellement bouleversée. Je ressemblais à une corde de violon dans la tempête. J'avais si peur de ne pas le revoir, mais je n'allais pas rester assise comme une enfant sage à attendre qu'il se déclare.

Et pourtant, je devinais, sans vraiment l'analyser, pourquoi je persistais dans cette reproduction amoureuse pour un homme comme lui. L'envie de conquérir un cœur beaucoup plus âgé me renvoyait à la peur panique, chez moi, d'être abandonnée.

Je savais, avec certitude, que je désirais cette histoire avec lui, quelle qu'en soit la nature, comme si ce désir obsédant de me retrouver dans ses bras me donnait des ailes pour me jeter tout entière dans mon autre passion : la scène.

Avant de me rendre au théâtre, je passais quelques heures en cours, rue Blanche, avec Michel Favory. Le peu que j'avais appris sur ce métier, c'est à lui que je le devais. Je poursuivais ma deuxième année dans sa classe avec, toujours, le même enthousiasme.

Nous travaillions ensemble, depuis quelques cours, le rôle de Novia dans *Les Noces de sang* de Federico García Lorca. Il était d'une précision d'orfèvre dans sa direction de jeu, derrière ce regard si noir et perçant qu'il me donnait l'impression de connaître mon âme mieux que moi-même. Nous étions tous éblouis par lui.

Ma vie s'articulait entre la rue Blanche et la scène. En arrivant au théâtre, je fonçai pour voir si Christiane était arrivée. Il m'était désormais impossible de lui raconter quoi que ce soit. Mais peut-être allais-je pouvoir déceler dans ses yeux une lueur ou percevoir une phrase qui me donneraient une clef pour mieux revenir à lui.

Elle partageait sa loge avec d'autres figurantes. Je lui proposai de prendre un café au Sarah-Bernhardt.

Je l'écoutai parler de sa vie. Elle n'évoqua pas la rencontre de l'autre soir avec Jean, son compagnon, ne me posa pas davantage de questions personnelles, juste cette phrase sibylline qu'elle prononça en me regardant droit dans les yeux :

« Tu vas bien ? »

Je me contentai de lui répondre que je me sentais un peu fatiguée, à fleur de peau.

« C'est peut-être l'amour qui fait ça. »

Ce furent ses derniers mots avant qu'elle me laisse devant la porte de ma loge.

Je retrouvai ma gigantesque perruque sur sa tête en bois. Quelqu'un frappa à la porte. C'était Giselle, mon habilleuse. Les longues heures de préparation allaient pouvoir commencer. Il était temps pour moi de me concentrer, enfin, d'essayer, d'arrêter pour quelques heures de penser à lui.

J'avais traîné tard après la représentation. Je m'étais arrêtée dans la loge de Maurice Barrier et Jacques Rispal, deux immenses acteurs. Je les écoutais. Ils partageaient, devant moi, mille souvenirs d'anecdotes vécues ensemble. Quelle chance était la mienne de pouvoir ainsi dévorer tout ce qui m'était offert et qu'il me suffisait de prendre, sans même avoir à le demander.

Je rentrai bien après minuit. Sur mon lit, un mot de mon père. Il espérait que la représentation du soir s'était bien passée, et m'annonçait son départ improvisé pour Rome, le lendemain, aux aurores, afin d'expertiser un tableau qui pouvait bien être un Titien. Je me demandais laquelle de ses dames ferait partie de ce voyage précipité.

Il y avait aussi, sur mon oreiller cette fois, une enveloppe à mon nom. Elle avait dû être déposée chez la gardienne car il n'y avait pas de timbre. C'était un mot de lui, avec une écriture assez ronde, subtile et élégante. Ce mot avait pris la taille de ma chambre, de mon immeuble, de ma rue, de Paris.

Il pensait à moi, écrivait-il, et me proposait de prendre un verre le lundi suivant, jour de relâche pour lui comme pour moi. Rendez-vous à 16 heures dans un café près de la rue de Provence, derrière les grands magasins. Si je ne pouvais pas le rejoindre, je n'avais qu'à laisser un message à la

Villa d'Este. Je ne cessais de respirer l'odeur de ce papier, de le caresser, de contempler ce trésor qui me sembla, sur le moment, bien plus désirable qu'un tableau du Titien.

*

Après l'année de notre idylle romantique, j'ai eu envie de le connaître davantage, en continuant de me plonger dans les merveilleux récits qu'il écrivait sur sa vie. Contrairement à ce qu'en disaient certains critiques qui faisaient régner la terreur sur le monde des lettres en prétendant qu'il ne savait pas écrire, je trouvais ses livres passionnants et pleins de nostalgie, de poésie.

Je découvris, en les lisant, qu'il avait subi un traumatisme lié à la disparition de ses pères d'adoption. Les trois principaux, qui l'avaient accompagné depuis son enfance, étaient beaucoup plus âgés que lui. Raymond Queneau, son protecteur chez Gallimard, était parti le premier, le 25 octobre 1976, Marcel Duhamel, son protecteur dans la vie, ne tarda pas à le suivre, le 6 mars 1977, et enfin Jacques Prévert, son ultime père, le 11 avril 1977.

En moins de six mois, il avait perdu les trois personnes les plus importantes de sa vie. Je compris que notre rencontre avait eu lieu peu de temps après ces trois chocs successifs, le 6 novembre 1977, comme si nos deux chambres vertes avaient pu communiquer au-delà du temps.

*

J'étais rentrée tard dans la soirée. La veille, j'étais allée passer une audition pour un téléfilm consacré à la vie de Gaston Couté, le célèbre poète libertaire. Le réalisateur était étonné qu'à mon âge, je connaisse les chansons et les poèmes de cet homme oublié, mort en 1911. Peut-être était-ce cela qui lui avait donné envie de m'engager pour jouer sa fiancée.

C'est au cours de théâtre que j'avais découvert Brassens. J'avais acheté tous ses disques. Je trouvais ses textes aussi puissants que bien des pièces de théâtre. Mes deux passions résidaient dans ces deux moyens d'expression où tout passe par les mots, la voix, l'émotion. Le théâtre et la chanson.

À partir de cette découverte, je m'aventurai sur des terres vierges. Je passais des heures chez les disquaires ou aux puces de Clignancourt. On pouvait y trouver ces précieux vinyles pour beaucoup moins chers que les neufs. Barbara, Anne Sylvestre, Cora Vaucaire, Juliette Gréco, Leny

Escudero, Francis Lemarque, mais aussi Charles Aznavour ou Georges Moustaki. Je disséquais leurs textes comme autant de poèmes. Je fredonnais leurs mélodies, j'apprenais par cœur des tas de couplets, de refrains qui m'accompagnaient partout où j'allais.

J'aimais passer de la musique de Molière ou de Brecht aux mots de Bernard Dimey ou Charles Trenet. C'était devenu ma nourriture. Une phrase, une rime avaient le pouvoir de me transporter de joie ou de me faire éclater en sanglots, de provoquer mélancolie ou ivresse.

Indécise, devant mon placard ouvert, je me demandais quelle tenue j'allais porter pour le retrouver dans ce café. J'avais vaguement trois robes et deux jupes informes. Je regardais des chaussures compensées que j'avais dû acheter, un jour de déprime, rue de la Chaussée-d'Antin. Elles me semblaient hideuses.

Comment m'habiller pour qu'il me trouve belle, pour qu'il ait envie de me prendre dans ses bras, de ne plus jamais me rendre au monde qui nous entourait ? Moi qui passais ma vie en jeans, tee-shirt et pull, avec des baskets.

Au fond, cela n'avait aucune importance, je voulais rester moi-même, ne pas me travestir.

Je marchai lentement sous un soleil froid d'automne en fredonnant « La jeune fille à la frange », sans doute parce que j'aurais rêvé qu'il l'ait écrite pour moi. Étais-je déjà née lorsqu'il l'avait interprétée pour la première fois ?

Me plonger dans ses yeux,
Firmament de mes nuits
Où la bonne tendresse m'apaise
Et d'un sourire,
Chasse l'éther jaunâtre de ma mélancolie.

Je l'aperçus au loin, assis derrière la vitre de ce café rue de Provence. De le voir, le rythme de mon cœur s'était apaisé. Je m'avançai vers lui sans peur, certaine d'être là au bon endroit. Lorsqu'il me vit, il se leva, son immense sourire me pénétra.

*

Vers qui allais-je ainsi à la rencontre, sans le moindre doute, uniquement préoccupée de trouver le moyen pour qu'il me prenne dans ses bras ? Était-il resté cet enfant lumineux dont je n'avais que l'intuition, en le découvrant à la fois insouciant et nerveux ?

En devenant chanteur, je perdis le goût du bonheur.

C'est la phrase par laquelle s'ouvre *Le Coquelicot*, ultime volet, posthume, de son autobiographie. Était-ce cet autre, si désespéré, avec qui j'avais rendez-vous ?

Je l'ai su depuis, mais il y a eu un moment, vers l'âge de 18 ans, où il a profondément changé, parce qu'il ne pouvait plus jouer le rôle de l'enfant, et qu'il était devenu un homme, un adulte. Circonstance aggravante, cela se passait en 1940, au moment de la Débâcle, cette catastrophe pour la France, dont le chef de l'État appellerait ensuite à collaborer avec l'Allemagne nazie.

Au terme de son adolescence, on pourrait dire qu'il s'était préparé à vivre cette période en s'exposant le moins possible. Alors qu'il avait environ 15 ans, Jean-Louis Barrault avait décidé pour lui qu'il devait se confronter au Théâtre, avec un grand T. Il l'emmena à la Comédie-Française où Louis Jouvet, qu'ils allèrent saluer dans sa loge, jouait Molière. Il l'inscrivit alors au cours de Charles Dullin pour passer aux choses sérieuses.

C'est là, durant cette période, que l'apprenti comédien se mit à rattraper tout ce qui lui avait manqué, ce qu'il aurait dû apprendre à l'école, en particulier la lecture. C'était devenu une véritable fringale, tout y passait. Un jour, découvrant, une fois arrivé à la fin, qu'il avait acheté par erreur le tome II du *Rouge et le Noir*, il se précipita pour trouver le premier et Stendhal devint, pour longtemps, son auteur préféré.

Son enfance, marquée par le groupe Octobre et sa chaleur populaire, laissait progressivement la place à d'autres ambitions. Il visait un club beaucoup plus fermé et exigeant : le clan Sartre.

Il y fut admis sans peine, et son projet d'écrire connut les encouragements de Simone de Beauvoir, qui accepta de devenir sa correctrice. Tous les quinze jours, il lui apportait les pages qu'il avait écrites, elle les reprenait, rétablissait la syntaxe et échangeait avec lui sur l'avancement de ce premier livre, *Enrico*, qui ne serait publié qu'en 1944 chez Gallimard. Il fut le lauréat de la première édition du prix de La Pléiade. Dans ce jury composé d'auteurs de la *NRF*, on trouvait : Maurice Blanchot, Albert Camus, Paul Éluard, André Malraux, Jean Paulhan, Jean-Paul Sartre, Raymond Queneau. Ce prix ne fut décerné que cinq fois, la dernière, en 1947, récompensa Jean Genet pour *Les Bonnes*.

Enrico fut dédié « Au Castor », le surnom de Simone de Beauvoir. Puisque c'est elle qui, ayant découvert à quel point ce jeune homme était intéressant, lui avait permis d'écrire sérieusement.

Sartre avait un ami professeur de philosophie britannique qui tenait à prononcer le nom de Beauvoir à l'anglaise, ce qui donnait : « Beaver, Simone de Beaver ». Tout le monde trouva cela génial et, pour être à la hauteur de cette trouvaille, Sartre écrivit : « On ne naît pas castor, on le devient. »

Conscient de la chance qui lui était offerte, il avait acheté un porte-plume, deux flacons d'encre de couleur bleue et rouge, une rame de papier et alors :

[son] enfance se mit à couler sur les pages.

Il ne rata jamais un rendez-vous avec le Castor, qui avait en général lieu au Dôme, à Montparnasse, pour avancer dans l'écriture de sa biographie, et dans sa relation avec le clan Sartre, « fermé à double tour ».

Seul quelqu'un de très proche du clan pouvait en saisir le mélange de profondeur intellectuelle et de gaminerie. Sartre, lui, était Pollux, jumeau d'esprit de Beauvoir. Il appréciait particulièrement ces petits rongeurs qui vont en bande et ont l'esprit bâtisseur.

Il y avait un peu de tout cela dans cette dédicace qui était la preuve, pour l'éternité, de son appartenance à cet illustre groupe, mais toujours avec humilité.

Je n'ai jamais compris pourquoi son œuvre autobiographique n'a pas rencontré le succès qu'elle méritait. Elle fournissait pourtant bien des clefs pour aborder son auteur. Ainsi, la plupart de ses livres commençaient par une phrase-catastrophe, comme pour *La Fleur de l'âge* : « Les nuits de Paris ne furent jamais aussi belles que durant l'occupation allemande. »

*

Tout en me regardant, il commanda un café, moi, un chocolat chaud. Il attrapa ma main gelée posée sur la table puis, après un léger silence, me dit avec son timbre de voix si particulier :

« Que vais-je faire de toi ? »

Il me répéta qu'il ne voulait, à aucun prix, me faire souffrir, et puis, il était troublé par notre écart d'âge.

« Quelque chose en toi me plaît. »

À mon tour de lui avouer que lui aussi me plaisait infiniment, que je n'avais aucune intention de souffrir ou de ne pas respecter ma parole, celle de ne jamais rien dire ou faire qui puisse lui compliquer l'existence.

Il était bien plus grave que lors de notre première promenade. Je percevais, chez lui, un côté plus mélancolique et sombre, peut-être même ombrageux. La série de deuils qu'il venait de subir l'avait fragilisé, comme si le passage du temps, par son aspect inexorable, lui devenait insurmontable.

Il me reparla de sa femme Liliane, d'une jalousie féroce. Je l'écoutai et plus il parlait, plus je le trouvais attachant. Sa façon de se raconter, de me dévoiler sa fragilité, me donnait envie de devenir un trait de couleur dans l'immense et parfois ténébreux récit de sa vie. Je ne demandais rien que le bonheur de pouvoir prendre ce qu'il m'offrait.

« Viens, me dit-il, suis-moi. »

*

Tandis que nous longions la rue de Provence, sa façon de saluer toutes les filles qui arpentaient les trottoirs par leur prénom me fit baisser le regard. Cette manière de marcher, de lever la tête, de passer sa main dans ses mèches folles, emportait encore plus mon cœur à la renverse.

Il s'arrêta devant une porte de ce qui semblait être un ancien magasin, les vitres étaient opaques. Il sortit des clefs qu'il tourna dans la serrure, puis, avançant dans un petit couloir, il se retourna vers moi.

« Alors, tu es sûre ? Tu viens ? »

Pour seule réponse, je m'approchai de lui et, cette fois, c'est moi qui lui donnai un très long baiser.

C'était une pièce toute simple avec deux fauteuils, des livres posés çà et là, des dessins jetés sur une table. Dans une autre pièce, plus petite, il y avait une chambre plongée dans la pénombre, avec un grand lit qui prenait presque toute la place.

J'enlevai mes baskets et m'allongeai en le regardant. Il vint se coucher près de moi, presque comme un adolescent timide. Après quelques instants de silence, il m'attira contre lui.

Ce furent des heures hors du temps. J'avais envie de rire et, souvent, de pleurer. Je sentais une émotion inconnue jusqu'alors, un sentiment d'éternité comme si je prenais conscience, pour la première fois, que j'étais en vie, que ce que je partageais avec lui venait d'un autre monde.

Des instants de bonheur que je serrais contre mon cœur, et qui s'enfuyaient dans un même mouvement.

Il me parlait, me regardait comme aucun autre ne l'avait fait jusqu'à présent. Au bout de ce voyage, il se leva comme on traverse une frontière.

« Tu as soif? » demanda-t-il tout en m'expliquant qu'il n'avait que de l'eau.

Pendant que je me rhabillais, il me remplit un verre d'eau du robinet :

« Il faut que tu partes. »

Je n'osai pas lui demander si je le reverrais. Il m'accompagna jusqu'à la porte, déposa un long baiser sur mes lèvres. Je vis se faufiler, rentrant juste derrière moi, une ravissante petite fille blonde qui portait un cartable rouge accroché à ses épaules.

*

C'est étrange de vivre des émotions fortes avec un homme, de partager avec lui le secret d'une vie parallèle et de découvrir ensuite le récit qu'il fait de sa propre vie, dans ses livres autobiographiques.

Comme l'aurait dit un de ses poètes préférés, il n'était, à chaque fois, ni tout à fait le même, ni tout à fait un autre. Souvent, son existence ressemblait à des « montagnes russes », avec des hauts et des bas. Ça démarrait très fort au début, puis, rapidement, ça dérapait, lui laissant un goût amer.

Je pense, par exemple, à cet après-midi où il avait croisé Jean Cocteau, quai Voltaire, en compagnie de son « chef-d'œuvre de la nature », Jean Marais. Cocteau s'arrêta devant lui et lui lança :

« Que devenez-vous ? » comme s'ils avaient été de vieilles connaissances.

Pour répondre, il lui avoua qu'il ne devenait…

« Rien. »

Après un instant de réflexion, Cocteau lui demanda alors s'il savait chanter. Oui, il savait chanter, et le lui prouva, immédiatement, *a capella*, dans la rue.

« Justement, reprit alors Cocteau, le grand Moysès rouvre Le Bœuf sur le Toit. Passez le voir, il vous écoutera, je m'en charge ! »

Ce cabaret était, avant la guerre, le plus célèbre de Paris. À la Libération, Le Bœuf sur le Toit rouvrit. Les chanteurs les plus connus se battaient pour s'y produire. Cocteau avait eu une vision : il le voyait chanter, assis sur la queue d'un piano tel un papillon noir.

Le poète n'avait pas menti. L'après-midi même, M. Moysès reçut le jeune chanteur et lui déclara que Oui, ce cher et grand Cocteau lui avait téléphoné. Oui, c'était décidé, il passerait en lever de rideau. Le cachet ? On en reparlerait plus tard. Mais oui, la réouverture était pour le lendemain, et, par conséquent, il devait, d'ici là, trouver un musicien pour l'accompagner. Stupéfait, il avait foncé à l'hôtel des Beaux-Arts où logeait Henri Crolla, le guitariste du groupe Octobre, disciple de Django Reinhardt. Cet ami de toujours accepta sur-le-champ de travailler trois chansons avec lui, afin qu'il soit prêt pour ce petit tour de chant.

Le lendemain, au Bœuf sur le Toit, une foule de noctambules occupait la salle de spectacle jusque sur la piste de danse. Les deux artistes furent touchés par les applaudissements qui les accueillirent.

En fait, le « Tout-Paris » était tellement heureux de se retrouver, sain et sauf. Ils voulaient avant tout se raconter leur guerre. Le guitariste et le chanteur furent couverts par la furia des conversations, personne ne semblait les entendre. Le jour suivant, catastrophe, Moysès en personne les accueillit pour leur signifier leur renvoi. Leur passage, considéré comme une vulgaire audition, ne fut pas rémunéré. C'était fichu. Ils n'osèrent jamais raconter à Cocteau ce qui s'était passé.

Cette brutale déconvenue, au début de sa carrière de chanteur, ressemblait fort au premier film dans lequel il avait joué. Il s'agissait de *Jenny*, de Marcel Carné, tourné au printemps 1936.

L'acteur-enfant avait 13 ans. Dans son rôle de petit chanteur des rues, il devait interpréter Cosy Corner. Lors du casting, qui avait été initié par Prévert, il avait chanté « L'Internationale » et « La jeune garde », ce qui avait bien plu. Il avait décroché le rôle.

Cette première expérience avec un Marcel Carné plus caractériel et tortionnaire que jamais, ce qui n'était pas peu dire, serait également la dernière. Il y eut un second casting avec ce metteur en scène, pour un autre film après la guerre, mais l'acteur ne se faisait aucune illusion. Il apprit, des années plus tard, que le grand Carné ne voulait plus en entendre parler et qu'il n'y avait même pas de pellicule dans la caméra. Il tournerait pourtant dans bien d'autres films, comme *Les Disparus de Saint-Agil* de Christian-Jaque.

*

Je filai au conservatoire de la rue Blanche, ivre de ses baisers, de ses bras autour de ma taille. Son odeur collait à ma peau. J'avais un cours de diction avec un acteur merveilleux qui s'appelait Yves Gasc. Ayant appris *La Jeune Veuve* de La Fontaine, j'attendais mon tour.

Le lieu où le comédien prodiguait son savoir était en forme de rotonde donnant sur un jardin. Le soleil froid de novembre traversait la baie vitrée.

C'était un homme drôle, assez austère pourtant, avec une pointe de méchanceté. Il nous faisait bien sentir, à nous, ses élèves, que le chemin à parcourir pour savoir jouer La Fontaine resterait pour beaucoup sans issue.

« Alors ! me dit-il en se tournant vers moi, Mlle La Grande Actrice qui travaille déjà, avez-vous eu le temps d'apprendre votre texte ? »

Je ne sais pas pourquoi, mais cette phrase provoqua chez moi une envie de le gifler, avec un gant, comme dans les duels au fond d'une forêt, au petit matin, à la brume naissante.

Sans rien exprimer, je me levai, puis, après m'être plantée devant lui sans le quitter du regard, je commençai :

La perte d'un époux ne va point sans soucis,
On fait beaucoup de bruit et puis on se console…

Je continuai ainsi à lui balancer ces vers immortels avec un léger sourire de défi, et terminai dans un silence abyssal.

« Eh bien, mademoiselle, vous m'en direz tant ! »

Cette fois, il avait prononcé *mademoiselle* en détachant chaque syllabe, et conclut par cette phrase :

« C'était pas mal. »

Puis il se leva. Le cours était fini.

Je me précipitai à la station de métro Trinité, direction Châtelet. Ce soir, je retrouvais l'immense Maria, son rire, ses doigts longs et nerveux avec, au bout, une clope dont j'arriverais bien à lui soutirer une bouffée.

Je passai devant la loge de Jean-Pierre Joris, acteur métaphysique avec de faux airs d'Alain Cuny. Sa porte était entrouverte, assis en tailleur, il récitait des mantras, entouré par une odeur d'encens qui me prit à la gorge.

J'avais l'impression, parfois, que chacun, dans cette troupe, était un peu cinglé à sa façon – ne l'étais-je pas, moi aussi ? Être tombée aussi amoureuse d'un homme que je connaissais à peine, un homme si difficile à cerner et, plus encore, à joindre. Il fallait être folle.

Il devait y avoir quelque chose, dans ma psyché, qui associait l'amour avec un jeu de pistes, le désir avec le danger. Il fallait que la conquête soit périlleuse. La tiédeur me laissait de marbre. Peut-être m'étais-je construite en miroir, disparaissant au moindre reflet, trompant les apparences, brouillant les pistes, pour échapper aux faux-semblants.

Mon père était venu voir la représentation, avec une de mes soi-disant cousines qui ne me disait rien qui vaille. Il détestait le théâtre, mais aussi la musique, à part le baroque. Ils passèrent cinq minutes dans ma loge, puis il me proposa de déjeuner avec lui le lendemain. Ainsi, il me parlerait de mes nombreuses cousines, et moi, je resterais bouche cousue telle une enfant sage, brûlant intérieurement de passion pour la langue française. Mais pas que.

*

Trois jours s'étaient écoulés. Je n'avais aucune nouvelle de mon amoureux aux cheveux de jais. J'allais au conservatoire le jour, le soir au théâtre, et la nuit, je ne trouvais plus le sommeil. Je somnolais. Au petit matin, ma tête était remplie de ses chansons et de son visage aux mille facettes.

Peut-être n'était-il qu'un songe, et moi, une étoile filante dans la matière noire. Je ne voulais finalement plus attendre, je préférais le perdre que de m'accrocher à des chimères.

Je lui écrivis un mot, très court, pour lui dire que je le désirais. Je lui laissais le numéro de téléphone de l'appartement qui comptait deux combinés : un dans la cuisine et un autre dans le bureau de mon père. Puis je fonçai à la Villa d'Este pour déposer ma petite enveloppe. En arrivant, je l'aperçus en train de descendre d'un taxi. Lorsqu'il me vit, il me prit dans ses bras.

Je le suivis à l'intérieur du cabaret plongé dans la pénombre. Il m'attira contre lui, et après un long baiser, me demanda ce que je faisais là.

« Je suis venue vous déposer un mot pour que vous puissiez me joindre. »

Après un léger silence, il murmura :

« Il faut toujours laisser une place au hasard. »

Il m'accompagna vers une table ronde, de celles qui étaient déjà prêtes à accueillir les prochains spectateurs, venus saisir quelques instants qui ne seraient bientôt plus que du passé.

Ce soir-là, deux couples d'amis devaient venir l'écouter chanter. Mais il ne voyait aucun inconvénient à ce que je reste, si cela me faisait plaisir. Pendant ce temps, ses musiciens venaient d'arriver, il voulait changer trois chansons de son récital.

Il monta sur scène, et, après la balance musique et voix, les premières notes de « L'amour, l'amour, l'amour » se firent entendre. Il enchaîna ensuite avec « Un jour je m'en irai ». Je l'écoutai en respirant à peine, qu'y avait-il chez lui qui me bouleversait autant ?

Un jour je m'en irai sur un bateau tout blanc
Aux îles sous le vent, au pays des enfants
Ah oui, je m'en irai, m'en irai pour la vie
Pour les jours et les soirs, les matins et les nuits

À mon âge, j'avais déjà le sentiment d'avoir rencontré tant de gens, d'avoir eu de la chance d'être née au bon endroit, à la bonne époque, dans un univers si protégé, du moins, en apparence.

Il y avait chez cet homme quelque chose de si mystérieux, de tellement différent de tous ceux que j'avais rencontrés. En l'écoutant chanter, je me disais que ma place était là et, en même temps, j'avais l'impression de commettre un vol. J'aurais voulu le cambrioler, entrer par effraction dans sa vie, depuis sa naissance jusqu'à ce jour d'hiver 1978. Je pris mes affaires et me faufilai jusqu'à la sortie.

*

Dans ses autobiographies, il a révélé la vie tortueuse qui fut la sienne, avec ses hauts et ses bas. Au début d'*Enrico*, une scène d'une violence inouïe le montre entre les mains de sa « m'man » en pleine crise. Celui qui a vécu un tel martyre durant toute son enfance peut-il en sortir indemne ?

Quand sa mère fut internée, ce fut une telle libération que s'y ajouta, en parallèle, un sentiment tenace de culpabilité. Elle était son désastre, celle qui avait dessiné pour toujours le paysage de ses relations avec les femmes. Le contraste était violent, chez lui aussi. Il pouvait avoir ce côté adorable, et subitement, on voyait passer dans ses yeux de sombres nuages.

Je pense à cette scène rapportée par Prévert. Un jour, il se trouvait en taxi avec les plus ravissantes jeunes femmes du groupe Octobre, Janine Loris, Germaine Pontabry, Sylvia Bataille et Jacqueline Laurent, qui se laissaient aller, sans gêne, à déballer leurs secrets d'alcôve devant ce qui n'était encore qu'un gosse. Il les regardait, émerveillé, et leur dit tout à trac :

« Dites, vous croyez qu'il y aura encore des filles aussi jolies que vous quand je serai grand ? »

Seul un futur Dom Juan peut être capable d'une telle malice. Du haut de mes 18 ans, je mesurais, lucide, ce que représentaient les cinquante-cinq années qu'avait vécues l'homme que j'avais en face de moi.

C'était l'objet central de notre entretien infini, au cours de nos interminables promenades dans les rues de Paris, nous tenant par la main, « guidés par le hasard ». Je pensais souvent que nous pouvions nous rejoindre ailleurs, « bien plus loin que la nuit, bien plus haut que le jour », pareils aux enfants qui s'aiment malgré le fossé qui nous séparait, malgré notre différence d'âge.

Le mystère, ce n'était peut-être que cela, cette menace au-dessus de nos têtes, le gouffre infranchissable entre deux mondes. Seul le secret nous était permis, et nous protégeait de tout le reste.

*

Je rentrai chez moi, l'âme douloureuse, je n'avais personne à qui parler de mes peines et de mes doutes.

À la rue Blanche, j'avais quelques copains, j'étais aussi restée proche de quelques anciens élèves du cours Périmony. De temps en temps, certains venaient dormir à la maison.

Mon frère et ma sœur faisaient leur vie, cela laissait deux chambres vides. Mais ce soir, avoir croisé l'homme qui occupait mes pensées, juste avant qu'il disparaisse comme un feu follet, renforçait ce qui était, chez moi, un trait profond. J'avais beau être entourée, le sentiment de solitude restait toujours présent. Je répétais un schéma qui devenait familier : « Un seul être vous manque et tout est dépeuplé. » Mais étrangement, je restais certaine, depuis le début de notre rencontre, de vivre avec lui un lien fort et singulier, ce qui me renforçait dans le désir de partager ce qu'il m'offrait. Aucun voyage, aucun eldorado ne m'attiraient davantage.

Dans l'enveloppe que je lui avais remise, il y avait le numéro de téléphone de la maison, à lui de me joindre, désormais. Cela allait s'avérer sportif, car lorsque mon père était là, en train d'écrire derrière son bureau, il saisissait le combiné dès la première sonnerie, de peur, sans doute, que je tombe sur une autre de ses conquêtes. Alors que je m'en fichais complètement. Après bien des séances de psychanalyse, je savais que ce n'était pas un père sur le même modèle que le mien que je cherchais, celui-là me suffisait largement. Œdipe pouvait aller au Diable !

Je me couchai en écoutant « Que le temps passe vite ». Une de ses plus belles chansons.

Que le temps passe vite
Hier j'étais encore enfant
Le cœur tout neuf comme un printemps
Et des rêves dans chaque crique

Il devait être assez tard lorsque j'entendis le téléphone sonner, cette sonnerie stridente dans le silence de la nuit ressemblait à une sirène de pompiers. Je me jetai hors du lit et, cinq pas plus tard, le cœur prêt à exploser, je décrochai le combiné.

C'était lui, avec son timbre reconnaissable à la première inflexion.

« C'est toi ? »

Oui, c'était bien moi. Il me demanda, avec un air de reproche, pourquoi j'étais partie aussi vite. Je ne voulais pas le déranger, sentir que ma présence aurait pu gêner.

« Je te prendrais bien dans mes bras, ajouta-t-il, mais il faut que je rentre, l'adjudant veille. »

J'en déduisis que l'adjudant devait être Liliane, sa compagne officielle. Il poursuivit en me disant qu'il partait le lendemain donner deux récitals à Nantes, et termina en déclarant qu'il me couvrait de baisers et que nous nous verrions dès son retour.

Je retournai me coucher, ivre de ses mots. Il fallait que je trouve un peu de sommeil. Le lendemain, j'allais rencontrer pour la première fois Jean Le Poulain, chez lui, à deux pas de la Comédie-Française. Il cherchait la Colomba pour son *Volpone*. Il mettait en scène cette pièce de Ben Jonson tout en jouant le rôle-titre. Il voulait donc une toute jeune fille puisque, dans la pièce de théâtre, ces deux personnages, mari et femme, ont au moins quarante ans d'écart ; un hasard, là encore, sans doute.

*

On était en plein apogée des yé-yé. À la fin des années 1970, c'était le triomphe de Daniel Filipacchi, le fils d'Henri, qui avait lui-même été membre du groupe Octobre. Dès le début des années 1960, il avait créé *Salut les copains*, dont le premier numéro s'était vendu à un million d'exemplaires. En 1976, il avait acheté *Paris Match*, à bout de souffle, et en avait fait le magazine le plus rentable et le plus puissant de France. Avec son ami Jean-Luc Lagardère, il avait ensuite fondé les magazines *ELLE* et *Télé 7 jours*.

On écoutait Claude François, Sheila, Sylvie Vartan, Johnny Hallyday, on attendait avec impatience la comédie musicale *Starmania* de Michel Berger et Luc Plamondon, pour entendre

Fabienne Thibeault dans la complainte de la serveuse automate :

> *J'voudrais seulement faire*
> *Quelque chose que j'aime*
> *J'sais pas ce que j'aime*
> *C'est mon problème*

Après l'Occupation, au moment de la Libération, c'était aussi le même problème, pour le clan du Flore. À 23 ans, en 1945, l'ancien enfant prodige ressassait déjà cette rengaine :

> J'vois bien que je ne serai jamais l'écrivain du siècle, pour le théâtre et le cinéma, je me suis enfermé dans le rôle du gamin de Belleville, la peinture… pour percer, faut de la patience.

Non, le truc, en 1945, c'était d'être existentialiste. Mais on avait beau être proche de Sartre, ça crevait les yeux que l'existentialisme, ça ne voulait rien dire ; c'est d'ailleurs ce qui est pratique, avec ce concept, c'est que tout le monde et personne peut l'être, existentialiste !

Alors, il n'y avait qu'une solution propre à régler une telle question : il convenait de devenir… chanteur à succès. Pour y arriver, il fallait une voix, un style qui collait avec l'époque, et une opportunité à saisir. Elle se présenta : en juin 1950, il fut reçu à la RDF par Maurice Clavel pour parler d'un de ses livres. Conclusion de l'interview : il était devenu le nec plus ultra de l'existentialisme. On venait de trouver l'équivalent masculin de Juliette Gréco.

Avec l'aide précieuse de Lola, qu'il avait épousée en 1943, il signa des contrats avec les propriétaires de cabarets qui étaient, à l'époque, les rampes de lancement des jeunes chanteurs, repris ensuite par les radios, devenues populaires pendant la guerre.

Dès le mois de novembre 1950, on a pu l'entendre au Gypsy de Mireille Trépel, rue Cujas, puis au Méphisto, sorte de Tabou *bis*, où viendrait le trio de Saint-Germain-des-Prés : Gréco, Cazalis et Doelnitz, mais aussi les philosophes et écrivains Merleau-Ponty, Camus, Claude Roy, et des jeunes réalisateurs comme Alexandre Astruc.

Lola devint son agent. On entendait souvent le nouveau chanteur sur les ondes, et d'autres cabarets lui signèrent des contrats. Le producteur des stars de l'époque, qui avait lancé Brassens, Brel, etc., le grand Jacques Canetti, finit par succomber, en reconnaissant « qu'il chantait comme Doisneau photographie ». « La Complainte des infidèles » fut enregistrée en 78 tours, puis largement reprise à la radio. Une étoile était née, avec « une voix de velours à côtes », comme l'écrivit Blondin, scellant sa gloire. La chanson de Georges Van Parys et Carlo Rim avait besoin de cette voix-là pour faire passer son refrain grinçant :

Cœur pour cœur
Dent pour dent
Telle est la loi des amants

Arrivée devant l'hôtel particulier de Jean Le Poulain, je sortis un papier de ma poche pour vérifier le code de la porte d'entrée. J'avais le trac.

Dans la matinée, j'étais passée à la librairie Le Coupe-Papier, rue de l'Odéon, pour acheter le texte. Je m'étais assise dans un café, le temps de lire la pièce de Ben Jonson datant de 1606.

Colomba était un rôle fabuleux, mais j'avais aussi conscience de sa complexité. Une toute jeune fille mariée de force à un être qu'elle abhorre, vieillard monstrueux, violent et abject. J'étais confrontée à une difficulté nouvelle pour moi, et cela me donnait des ailes. J'étais persuadée d'avoir bien saisi le personnage de cette pauvre enfant, prisonnière d'un monde infâme.

Après avoir composé le code, je sonnai à l'interphone.

« Montez l'escalier ! » me cria une voix d'homme.

En avançant, marche après marche, je découvris tout autour de moi, dans la cage d'escalier, d'immenses panneaux peints. Chacun représentait un signe du Zodiaque. Ces étranges tableaux donnaient à ce lieu un caractère à la fois ésotérique et un peu effrayant.

Tout en haut, un jeune homme m'attendait. C'était un très joli garçon. Il me mit tout de suite à l'aise, prit mon manteau et me demanda de le suivre. Il ouvrit ensuite une porte à double battant qui donnait sur un grand salon. Sur les murs, on retrouvait la suite des fresques de l'escalier, puis, au milieu de la pièce, au fond d'un imposant fauteuil de velours doré, je découvris le Maître qui m'attendait, royal, dans une robe de chambre en soie pourpre, des lunettes sur le front. On aurait dit un gros matou, attendant le moment propice pour dévorer une souris.

Un essaim de garçons l'entourait. Le plus âgé de tous se leva et me fit signe d'approcher. Il se présenta. Il s'appelait Francis Joffo et me dit, tout en me tendant un texte ouvert pour que je puisse lui donner la réplique, qu'il serait aussi le metteur en scène de la pièce. La première représentation était prévue pour l'été, au Festival de Vaison-la-Romaine.

Le chat était toujours silencieux. Il me regardait fixement. Debout, face à Francis Joffo qui jouerait également le personnage de Mosca, je commençai à lire ma première réplique.

L'audition se déroulait dans une ambiance surréaliste, un silence de secte nous entourait. À la fin de la scène, Gros Minet prit enfin la parole. Ses questions étaient aussi bizarres que les signes astrologiques aux airs de faux Chagall.

Il me demanda mon nom, mon âge, mon parcours. Mon audition rue Blanche, en fin de première année, lui avait bien plu.

« Tu es singulière ! » m'avait-il dit.

Puis il termina sur une série de questions portant sur ma vie intime. Avais-je un amoureux ? Ma préférence allait-elle aux garçons ? Étais-je volage ?

Tandis qu'il me demandait tout ça, un côté « pantomime » dans son expression me fit éclater de rire. L'ambiance commençait à devenir plus chaleureuse.

« Non, monsieur, je ne suis pas volage ! Je suis une amoureuse fidèle et de toute façon, je n'aime que les vieux ! »

Cette fois, c'est lui qui rit aux éclats.

« Formidable ! Vous êtes engagée ! »

Je lui fis une révérence, la glace était en train de fondre. Francis Joffo me raccompagna. Sur le trottoir, il me dit qu'il était content à la perspective de travailler avec moi, qu'il viendrait vite me voir au Théâtre de la Ville, pour me tenir au courant de la suite.

Après avoir donné mon numéro de téléphone, je me rendis à pied jusqu'au Châtelet. J'étais si heureuse d'avoir décroché ce rôle, de poursuivre mon métier que j'adorais et qui, en plus, à mon âge, me rendait indépendante. Je savais qu'il fallait que je quitte la maison, mais je n'avais pas envie de laisser mon père, même s'il n'était souvent qu'un courant d'air. Je l'aimais tellement.

En évoquant l'amour, je pensais à mon bel oiseau, à ses mains sur mon cœur, à ma bouche sur la sienne. Pendant que je déposais le maquillage blanc Kryolan sur mon visage de Catherine de Russie jeune, quelqu'un frappa à ma porte. C'était le régisseur qui me chuchota, en me tendant le combiné, que quelqu'un me demandait au téléphone.

Je me précipitai. C'était lui. Sans que je sache pourquoi, mes larmes se mirent à couler, je ne voulais surtout pas qu'il puisse le deviner.

« C'est toi, ma gamine? Écoute-moi, je n'ai pas beaucoup de temps. Je rentre demain dans la nuit. Si tu veux, retrouvons-nous lundi à

16 heures, à la terrasse du Flore. Je pourrai rester avec toi, même la nuit. Débrouille-toi pour nous trouver un endroit, rue de Provence, c'est trop risqué.

— Oui, à lundi », répétais-je comme une folle, comme si c'était le monde que je venais de décrocher.

*

« Eh bien, ce sera la chanson ! » proclama-t-il, à la manière de Merteuil écrivant : « Eh bien, la guerre ! »

Combien j'approuvais ce défi : qu'y avait-il de plus beau, de plus simple et de plus difficile que cette émotion ramassée sur elle-même en quelques vers ?

Je ne parle pas seulement du sommet de la discipline, quand Mozart compose sa cavatine pour Barberine dans *Les Noces de Figaro* qui, après tout, n'est rien d'autre qu'une chanson. La pauvre a perdu l'épingle à laquelle était accroché un message, encore une histoire d'amants infidèles.

Sans aller jusque-là, j'ai toujours été du côté d'Alceste, dans le *Misanthrope*, de Molière, quand il finit par dire à Oronte ce qu'il pense de son sonnet :

> *Et je prise bien moins tout ce que l'on admire,*
> *Qu'une vieille chanson que je m'en vais vous dire :*
> *Si le roi m'avait donné*
> *Paris, sa grand'ville,*
> *Et qu'il me fallût quitter*
> *L'amour de ma mie,*
> *Je dirais au roi Henri :*
> *Reprenez votre Paris ;*
> *J'aime mieux ma mie, ô gué*
> *J'aime mieux ma mie.*

C'est souvent ce que je pense, aujourd'hui, en écoutant la radio.

Prévert, lui, évoque la voix du nouveau chanteur à succès :

> Quand je l'ai rencontré, c'était un enfant, un petit garçon. Il n'avait pas ce qu'il est convenu d'appeler une jolie voix, mais une voix vraie, vivante, troublante, drôle et parfois déchirante, c'était la sienne, la voix des rues, la voix du cœur, il a grandi mais il chante pareil. De là son charme !

On ne sait pas pourquoi, certains ont ce talent, mystérieuse alchimie, comme le chantait Trenet :

Longtemps, longtemps, longtemps
Après que les poètes ont disparu
Leurs chansons courent encore dans les rues.

L'immense succès de mon chanteur aura duré une vingtaine d'années, de 1955 à 1975, et quand je l'ai rencontré, il était dans le « creux de la vague ». C'est peu de dire qu'il en souffrait. J'espère toujours qu'avec le temps, « bien plus haut que le jour », ses superbes chansons retrouveront un chemin vers nos cœurs endurcis.

*

À mes yeux, rien ne dépasse cette grande époque de la chanson populaire française, avec une liberté de ton qui ne reviendra plus jamais. Je pense à des petits riens devenus, aujourd'hui, impossibles.

En 1965, dans sa version de la chanson de Barbara, « Dis, quand reviendras-tu ? », il n'hésite pas à changer un mot important : au lieu de dire « je », il chante :

Tu n'as pas la vertu des femmes de marins

Barbara avait dédié cette merveilleuse chanson à celui qui était l'amour de sa vie, au début des années 1960, Hubert Ballay. Elle était même partie vivre avec ce diplomate en Côte d'Ivoire durant trois mois, en 1961. À Abidjan, elle chantait au Refuge, célèbre cabaret de strip-tease, qui était la propriété de Jo Attia.

Rentrée à Paris, elle attendait son retour, mais il préféra lui demander de venir vivre en Afrique. Elle lui répondit par des centaines de lettres dont cette chanson, où elle le menaçait de trouver une autre source de chaleur.

Quand il finit par revenir en France, c'était trop tard, Barbara s'était réfugiée dans d'autres bras : ceux du peintre Luc Simon, de l'acteur Pierre Arditi ou du musicien Roland Romanelli.

Elle l'avait pourtant prévenu :

Je ne suis pas de celles qui meurent de chagrin,
Je n'ai pas la vertu des femmes de marin.

Que peut-on imaginer de mieux que de devenir célèbre en tant que chanteur, et qui plus est, en chantant ses propres chansons ? Mais en 1951, l'année du *Coquelicot*, vendu déjà à 100 000 exemplaires, résultat rare à cette époque, cinéma, peinture, chanson, littérature, tout lui réussissait. Même Brassens, un peu jaloux, se laissa aller, dans « Il suffit de passer le pont », à son humeur chagrine :

Entre tout's les bell's que voici,
Je devin' cell' que tu préfères
C'n'est pas l'coqu'licot Dieu merci,
Ni l'coucou mais la primevère

Le 15 février 1954, Boris Vian lui proposa de chanter « Le Déserteur », que tous les interprètes pressentis avaient refusé. Il l'enregistra le 14 mai 1954. Le 7 mai, s'était déroulée la bataille de Diên Biên Phu. Scandale chez les parlementaires. Le 14 juillet, la chanson était interdite d'antenne.

Messieurs qu'on nomme Grands
Je ne veux pas la faire
Je ne suis pas sur terre
Pour tuer des pauvres gens

Les distributeurs la retirèrent des bacs. Quelques mots avaient été changés par l'interprète, au début : « Monsieur le Président » fut remplacé par « Messieurs qu'on nomme grands », et à la fin, le plus important :

Prévenez vos gendarmes
Que je possède une arme
Et que je sais tirer

C'est ce qu'avait écrit Boris Vian. Cela devint :

Que je serai sans arme
Et qu'ils pourront tirer.

Boris Vian lui avait dit :
« Fais ce que tu veux. »

*

Impossible de trouver le sommeil. Je cherchais une idée qui nous permettrait de vivre quelques heures loin de tout. Après avoir retrouvé mon oiseau de geai au café de Flore, son ancien quartier général, je devais l'enlever pour l'emmener dans un endroit secret.

Chez mon père, c'était impossible. S'il avait eu mon âge, j'aurais pu lui dire que j'invitais un copain en rade de lit, mais là, franchement, si jamais il lui venait l'idée d'entrer dans ma chambre, je n'osais même pas imaginer la tête qu'il ferait.

Demander à une amie, c'était prendre un trop grand risque. L'histoire était irrésistible à raconter dans tout Paris. Nous devions disparaître, pour mieux nous retrouver, pouvoir nous aimer jusqu'au bout de la nuit.

Ma sœur. Mais oui, ma sœur, pourquoi pas ? Nous avions sept ans de différence d'âge. Elle avait quitté la maison familiale très jeune. Sa réussite dans la photographie avait été fulgurante.

Après deux années passées à New York, elle était revenue, nimbée de gloire. Pas une star n'échappait à cette grosse boîte noire derrière laquelle, à longueur de temps, se dissimulait son visage, ne laissant apparaître qu'une paire de Ray-Ban.

C'était sûrement, pour elle, le moyen d'absorber le monde. Elle vivait au même endroit que son immense studio, et même si elle n'avait guère le temps de suivre mes aventures en tout genre, ce qui, chez nous, était devenu une marque familiale, je savais que c'était la seule personne à qui je pouvais demander de l'aide en toute confiance.

J'essayai de l'appeler le lendemain à plusieurs reprises. Elle finit enfin par me répondre, tard dans la soirée. Mon rendez-vous amoureux était pour le jour suivant.

« Vas-y, j'ai peu de temps, demain je suis obligée de me lever à l'aube. »

J'inspirai profondément pour que ma voix ne déraille pas. Je lui expliquai en deux mots ma situation. J'évoquai notre rencontre, mon désir et mon amour pour lui, sa situation familiale compliquée.

Elle voyait à peu près de qui il s'agissait, même si, elle, contrairement à moi, n'aimait que Bob Dylan.

Après un court silence, elle me répondit que je n'avais qu'à sonner chez elle vers 17 heures. Elle serait probablement occupée. Mais son assistant me donnerait les clefs.

Je n'avais qu'à prendre la piaule, que je connaissais, réservée à d'éventuels invités de dernière minute.

« Enfin, tu fais comme chez toi, mais surtout, après, au rapport », me dit-elle en riant, avant de raccrocher.

Je passai ma soirée à lire un des romans de mon feu follet : *La Guerre buissonnière*, publié chez Gallimard en 1959, l'année de ma naissance.

*

Je repense à cette phrase, au début du « Coquelicot » :

En devenant chanteur, je perdis le goût du bonheur.

Comment une telle idée avait-elle pu s'insinuer dans son esprit, en pleine gloire, porté, justement, par le succès de ses interprétations ? Un tel paradoxe pouvait trouver ses racines dans le bouleversement que ce bienfait produisait dans sa vie personnelle.

Il avait épousé Lola en 1943, en pleine guerre, et elle l'avait accompagné pas à pas dans la galère, puis dans sa carrière montante. Elle était son agent, son attachée de presse, sa gestionnaire – tout ce qu'il détestait faire lui-même, c'est elle qui s'en chargeait.

Mais quand le succès arriva, cela eut une conséquence majeure à ses yeux : toutes ces femmes magnifiques, qu'il n'osait pas aborder tant il ne s'aimait pas, se jetèrent à son cou. Si, jusque-là, elles avaient apprécié son charme et sa gentillesse, avec la réussite, ce fut l'émeute, comment aurait-il pu résister à ce raz de marée ?

Au bout d'un moment, Lola avait fini, excédée, par rendre son tablier. Il ne s'en était pas vraiment rendu compte, mais elle était devenue, au cours des années, son axe d'équilibre. Sans elle, tout chavirait, s'effondrait. Il était trop tard pour revenir en arrière.

À partir de là, il fut condamné à vivre dans la galère du donjuanisme, dont le symptôme est :

« Plus il y en a, plus on est seul. » J'avais bien connu cette « maladie » chez mon père, qui en était, lui aussi, très atteint. J'avais appris, à ses côtés, à force de lui servir d'alibi pour ses mensonges incessants, un certain « mode d'emploi ».

*

Je marchais lentement le long du boulevard Saint-Germain. La veille, Francis Joffo était passé au théâtre me déposer le texte de *Volpone*, nous ferions une première lecture dans dix jours chez Jean Le Poulain.

J'avançais de façon mécanique, j'écoutais les gens sans les entendre. Il n'y avait que durant les cours ou sur scène, étrangement, que j'arrivais à calmer les battements de mon cœur.

Arrivée au niveau d'un marchand de jouets, je m'arrêtai pour regarder la vitrine. Je repensais à cette divine petite fille blonde au cartable rouge entraperçue l'autre jour en quittant la rue de Provence. Était-ce sa fille ? Je ne savais pas grand-chose sur lui, même s'il avait pris racine dans un coin de ma mémoire, comme un arbre familier, comme une terre que l'on retrouve après des siècles de sommeil. Je levai la tête, la boutique s'appelait L'Oiseau de Paradis.

En approchant ensuite du Flore, j'avais une irrésistible envie de le revoir, de le sentir de nouveau, là, tout près de moi, et dans le même temps, le trac me serrait la gorge. Il était assis à une table de la terrasse couverte donnant sur la rue. Il m'attendait sans se cacher et, en même temps, je savais bien que nous devions le rester, cachés, pour toutes les raisons du monde.

Lorsqu'il m'aperçut, il se leva. Son sourire avait la puissance de la foudre. Il déposa un baiser sur mes lèvres, puis commanda deux cafés. Je lui demandai comment s'étaient passés ses deux récitals.

Chaque fois qu'il me parlait de lui, je percevais des points de mélancolie. Il aimait répéter qu'il n'était qu'un « pauvre chanteur », fatigué d'une existence dont il semblait ne plus rien attendre.

Ensuite, il se lança dans l'analyse de son travail de peintre. Il souffrait que ses tableaux n'aient pas connu le succès qu'il avait tant espéré. Je voulais savoir comment je pourrais voir ses toiles. Il me répondit évasivement qu'un jour, il me les montrerait. Nos tasses étaient vides, offertes par la maison, nous avait dit un serveur en passant avec un plateau en équilibre au-dessus de son épaule.

Dans la rue, il me prit la main. Cette fois, c'est moi qui lui dis :

« Venez, je vous emmène. »
Il remonta le col de son caban.

*

J'aurais tellement aimé trouver une chanson qui aurait pu être la mienne, qu'il aurait écrite pour moi. Une chanson cachée, comme nous l'étions, et qui aurait exprimé la beauté et la simplicité de ce que je pouvais vivre auprès de lui et que, peut-être, il partageait aussi, ayant besoin de surmonter une période difficile.

Tel un archéologue, j'avais fait de longues recherches, découvrant de nombreux textes à clef. Et j'avais fini par la trouver, elle n'était pas enterrée si profondément que ça. C'était à la fin de l'album de 1971. Autour de moi, personne ne la connaissait, et, quand je l'écoutais, j'avais la certitude qu'elle évoquait notre relation. Pourtant, elle avait été publiée six ans avant notre rencontre, c'était mystérieux.

En chemin, entre le Flore et la chambre que nous prêtait ma sœur, ses paroles ne cessaient de tournoyer dans ma tête. Elle s'appelait, tout simplement, « Au long des jours ».

Au long des jours
Je fais l'âme et l'amour

La haine et la tendresse
Et je cours les princesses
Jusqu'à ce qu'amour cesse

Au long des nuits
J'engrange les souvenirs
Les villes et les gares
Les femmes et les rues
Les ombres et les charmes

Et je cherche à aimer
La vie comme un poème
Sans souci des soucis
Et à dire « je t'aime »

C'était exactement ça. C'était notre histoire. Du moins, c'est ainsi que je l'entendais. Je décidai que si un jour, j'écrivais un récit pour nous raconter, il porterait le titre de cette chanson, car j'y retrouvais nos reflets, l'un à côté de l'autre. Même si elle était couleur sépia.

*

Lorsqu'il ne volait pas, mon oiseau sacré marchait sans repos, traversant Paris, ses quartiers, ses arrondissements. Comme si cette ville et lui n'avaient fait qu'un. Même si j'avais toujours aussi froid, je le suivais, accrochée à sa main comme à un radiateur.

Le plus souvent, il ne disait rien. Puis, soudain, une idée, un souvenir l'animaient. Je regardais son visage inondé de jeunesse, ce visage aimé qui un jour prendrait le large sans que je puisse rien y faire. C'était une pensée qui, souvent, m'effleurait et que je chassais dans l'instant. Nous étions arrivés chez ma sœur, au cœur du 1er arrondissement.

Je le regardai, il caressa mes cheveux. La porte cochère s'ouvrit, nous montâmes jusqu'au troisième étage, un jeune garçon nous fit entrer. Il me donna les clefs en disant que nous serions ainsi libres de venir à notre guise.

Avant de rejoindre notre chambre clandestine, en passant devant la grande pièce qui servait de studio à ma photographe adorée, j'entendis de la musique. Tout le monde parlait en anglais et semblait s'agiter. Ma sœur, telle un tourbillon, sortit de son antre pour nous saluer, elle était gaie et chaleureuse. Peut-être pensait-elle à ce fameux rapport dans lequel je devrais tout lui raconter. Je sentis mon oiseau de bitume se détendre. Après un bref échange, elle nous dit :

« Ne bougez pas, j'arrive. »

Nous avions retiré nos manteaux, déposé nos sacs de voyageurs, lorsqu'elle nous demanda de la suivre. Dans son studio, tout le monde semblait avoir disparu par la simple force de son regard. Il n'y avait plus un bruit. Des projecteurs étaient installés. Ce lieu semblait presque irréel, comme hors du temps. Elle nous demanda de nous mettre devant un fond qui avait la couleur d'un ciel avant la tempête.

« Installez-vous comme vous le sentez », enchaîna-t-elle.

Il m'attira alors vers lui, mit son bras autour de ma taille tel un conquérant, j'enfouis mon visage dans son cou, mon bras entourant ses épaules. »

Cachée derrière son appareil qui me semblait encore plus grand que d'habitude, elle fit un simple Polaroïd.

Nous attendîmes, tous les trois, que l'image apparaisse. C'était bien nous, sur ce cliché en noir et blanc. J'avais la sensation d'avoir, entre mes mains, l'image la plus rare et la plus précieuse qui puisse exister. Elle avait, en un instant, capturé le roi des oiseaux. À moi de faire que ce fragile morceau d'existence reste ou disparaisse à jamais.

*

Dans sa remarquable biographie, Gilles Schlesser évoque la période qui avait suivi sa rupture avec Lola, qu'il appelle la « chute ». Sans elle, « les jeux étaient faits, rien n'allait plus ». Après la séparation, était revenue son obsession de la mort, son goût pour les cimetières.

La mort m'a frôlé,
Son sourire est doux,
Comme le souvenir d'une mère folle…

Dans ses chansons, dans ses poèmes, cette angoisse s'exprimait par des métaphores sur le temps qui passe, comme ce titre, « Au long des jours ». La maladie, la tuberculose, qui était venue à bout de son petit frère André, au sanatorium de Cambo-les-Bains, en janvier 1947, cette maladie qu'il avait partagée avec lui, l'accompagnant, n'avait pas arrangé les choses.

Il n'y a rien à faire,
Je passerai,
Tu passeras

Le temps qui passe était devenu le fil fragile tendu entre les mots, prêt à rompre à tout moment :

Il faut partir si vite. Déjà, mais où ? Pourquoi ?
Qu'ai-je vu ? Rien. Si tôt il faut plier bagage
Comment croire à la vie à n'importe quel âge
Puisque l'on sait d'avance où finit le voyage.

Dans *Le Coquelicot*, il écrit encore :

Parfois, je me dis qu'il eût été préférable de n'avoir pas connu la vie, de n'avoir rien aimé, rien ressenti, rien regretté, jamais fait partie de cet univers horrible et d'ignorer l'angoisse d'attendre la mort.

C'est tout ce que j'aimais, surtout quand, malgré tout, le bonheur était là, à portée de main, dans un sourire lumineux, une gentillesse extrême, une nonchalance si élégante, je savais qu'il fallait l'attendre et qu'il viendrait à moi.

*

Notre chambre secrète était blanche, avec sur les murs des photos de visages anonymes. Un grand lit, fait de bois exotique, était recouvert d'une parure, blanche elle aussi. Des coussins de couleur pastel délavés par le soleil complétaient ce décor qui semblait fait pour nous.

Il me prit dans ses bras, puis après un long baiser, il m'attira à lui et, lentement, il m'entraîna parmi les nuages.

Nous étions allongés tous les deux, face à face, à nous regarder comme deux adolescents craintifs, comme si cet échange de regards avait eu le pouvoir de nous absorber, l'un, l'autre. Je découvrais une autre façon de faire l'amour, sans un bruit, sans un mot. Ma seule expérience était celle que j'avais vécue avec Pierre. Celle que je vivais maintenant ne lui ressemblait en rien. Elle était tout le contraire. Mon oiseau obscur devinait tout. Il savait comment répondre au moindre de mes gestes. Il avait le don d'anticiper tous mes désirs.

Je me serrai contre lui. Il se mit alors à me parler de ses doutes, de ses peurs, de son avenir où tout lui semblait devenir plus sombre, plus lourd. Cela me surprit. À dix-huit ans, on est souvent assez loin de ce genre de pessimisme.

Je lui demandai qui était cette petite fille que j'avais aperçue l'autre jour, quand je me faufilais pour partir.

« C'est ma fille, elle est belle, non ? »

Il m'avait lancé cette phrase avec un mélange de douceur et de fierté. Il poursuivit, en me disant, qu'il avait été un « mauvais père ».

« J'ai eu deux enfants, ajouta-t-il, je crois n'avoir pas été à la hauteur avec eux. »

Je me penchai sur son visage et le couvris de baisers. Il me donnait l'impression d'être une corde de violon sur le point de rompre. Tant de choses, en lui, semblaient enfouies.

« Venez ! Allons prendre l'air. »

J'avais prononcé ces mots comme pour chasser le mauvais sort. Un restaurant donnant sur les quais de Seine, un bistrot à l'ancienne, avait attiré mon attention. En passant, j'avais regardé le menu, j'étais certaine que ça allait lui plaire. J'ajoutai :

« C'est moi qui t'invite ! »

J'étais si fière de gagner ma vie, d'être libre, cette soirée était la nôtre mais, surtout, j'espérais lui laisser quelques souvenirs au milieu de l'océan de tous les siens. Mon unique espoir était de demeurer une petite flamme, le jour où il prendrait le large.

*

Pour lui, papillonner, c'était d'abord une fuite devant l'angoisse. Il avançait en permanence, pas à pas, sur ce lien tendu entre les conquêtes féminines et la mort. Il aura fini par le dire lui-même :

> J'ai beaucoup aimé les femmes et je n'ai fait que des bêtises. Mais c'est vrai que les deux choses qui ont eu beaucoup d'influence sur moi, ce sont les femmes et la mort.

Ce qui me fascinait, c'était cet équilibre si difficile à trouver pour quelqu'un qui marche le long d'un fil aussi ténu. Pour y parvenir, il ne faut pas peser plus qu'un papillon. Il l'évoquait à propos de sa façon d'aborder l'écriture :

> J'ai longtemps tenu un journal parce que j'ai toujours été étonné de cette fascination que j'ai pour les femmes… La femme est le pivot de ma vie et c'est une catastrophe pour moi, parce que je n'arrive pas à trouver un équilibre.

Quoi qu'il puisse faire, se lancer dans tout et n'importe quoi, très vite, sa passion se transformait en dilettantisme, par manque de confiance en lui. Que ce soit dans son métier d'acteur, de chanteur, d'auteur ou de peintre, il parvenait à faire se retourner ce qu'il aimait contre lui-même.

J'ai découvert par la suite que ses amours, même les plus grandes, se terminaient invariablement de cette façon. Ce ne fut pourtant pas mon cas. J'eus de la chance. Mais je n'étais peut-être que le contrepoint de la « Rose noire ».

Quand je regarde, sur notre photo, la couleur de mes cheveux, je ne suis pas loin d'y croire.

À cette époque, livré à lui-même, errant entre le Whisky à gogo et le Milord l'Arsouille, il cherchait désespérément une femme qui pourrait remplacer Lola :

> Je n'étais pas encore remis du ratage avec mon « émouvante » et cherchais toujours quelqu'un à aimer.

Il s'était exilé dans un hôtel du Palais-Royal, rue du Beaujolais, où il s'était installé, et changeait régulièrement de chambre pour se donner l'illusion de voyager. C'est là qu'il allait retrouver la « Rose noire », avec laquelle s'était nouée une relation amoureuse qui marquerait sa vie et ses écrits.

Il l'avait rencontrée à Nice, sur la promenade des Anglais, et de nouveau, quelque temps plus tard, dans cet hôtel :

Plus brune qu'une brune Andalouse,
Plus dure qu'une déesse jalouse,
Plus fière qu'une fière Romaine,
Ainsi est la rose que j'aime.

Elle voulait faire l'amour avec lui, juste avant de se marier avec un autre. Elle avait fait de lui le témoin d'enterrement de sa vie de jeune fille. Il lui aurait ensuite écrit pendant des années, ils s'étaient revus, leur relation dura très longtemps – pourtant, on ne peut s'empêcher de penser qu'elle n'a jamais vraiment existé, mais qu'elle représentait l'image de cette femme dure qu'il aimait fantasmer.

Face à cette Rose, il restait, lui, le Papillon ténébreux, avec ses histoires bien réelles, quoique éphémères. Comme Piaf, qui revint douze soirs de suite pour l'écouter et le couvrir de son regard expressif. Elle finirait par lui proposer de venir chanter en vedette américaine dans son nouveau spectacle. Mais elle lui faisait trop peur :

> Piaf chantait avec la mort à son bras. C'était un paratonnerre à tragédie qui, en toute innocence, vous entraînait dans sa malchance, jusqu'à vous offrir la mort en partage.

*

Il devait être un peu plus de 22 heures, et tels deux passagers clandestins, nous avancions sans faire de bruit. Une fois de retour dans notre chambre, il disparut dans la salle de bains.

Je me déshabillai, ne gardant que mon tee-shirt trois fois trop grand, et me glissai sous la couette blanche. J'avais allumé ma petite lampe de chevet, le reste de la pièce demeurait dans l'obscurité.

« Éteins », me dit-il d'une voix tendre, puis il vint me rejoindre dans les limbes.

C'était la première fois que je passais la nuit avec un homme. D'eux, je n'avais connu que des baisers, ou des instants plus charnels, mais toujours mêlés au risque d'être découverts. Même si j'étais certaine d'avoir été aimée, jamais la profondeur d'une nuit ne m'avait permis d'aller jusqu'à voir le jour se lever sur le visage de mon amant.

Dans ses bras, cette nuit-là, je découvris des sensations que jamais je n'aurais pu imaginer. Je sentais son corps prendre possession du mien. J'écoutais ses mots se faufiler dans mes oreilles. Des mots doux, des mots crus, des mots intenses. Je m'enroulais autour de lui comme un animal accroché à un arbre dans la canopée.

L'aube était à peine levée.

« Je dois partir », me dit-il dans un souffle.

Il n'y avait aucun bruit dans l'appartement. Je lui fis un café dans la cuisine. Il me regardait en souriant.

Nous fûmes ensuite face à face sur ce trottoir gelé. Je retenais mes larmes.

« Ne sois pas triste, ma gamine », furent ses derniers mots.

De loin, il m'envoya un baiser, puis il disparut dans une station de métro.

Je restai là, sur le trottoir, telle une statue recouverte de givre. Ce soir, c'était la dernière représentation de *La Mante polaire*, je pris conscience que j'allais aussi quitter Maria, ainsi que Jorge, Christiane et tous ces acteurs merveilleux avec qui j'avais partagé tant de moments forts, tant de rires, d'efforts et de sueur.

Je fis signe à un taxi, il fallait que je rentre vite chez moi, avant d'éclater en sanglots et que ce bout de bitume m'absorbe jusque dans les catacombes.

*

La plupart des gens ne partagent, au mieux, que ce qui relève du passé. L'histoire, le patrimoine, les croyances s'appuient sur ce socle commun. Nous, c'était différent, c'est l'avenir qui nous unissait, non qu'il s'agît d'une vie commune à partager pour le restant de nos jours, mais c'étaient des fragments d'histoires qui nourrissaient nos existences imaginaires, de l'ordre de l'inspiration plus que d'un quotidien, bien trop concret.

L'amour des animaux était un de ces points d'ancrage. Lui comme moi aurions pu tout faire par amour pour ces petites bêtes qui habitent sur Terre. Parfois, il me dépassait dans cette passion, comme avec ses chats qu'il ne cessait de peindre et ces mygales péruviennes, qu'il collectionnait et dont la forme lui faisait penser à une espèce de main qui avance.

Mais l'histoire qui m'avait particulièrement touchée, c'était celle de Friquet. Un soir d'été, à Juan-les-Pins, il se prit d'affection pour un oisillon tombé du nid, dans lequel il se reconnaissait par la façon déchirante qu'il avait d'appeler sa mère.

Le chanteur devait partir en tournée. Il ne savait pas comment faire, il suivit son instinct de petit oiseau tombé de la branche : il trouva la nourriture indispensable à la survie du petit et la bonne façon de le nourrir, les heures à respecter, les exercices à lui faire faire pour qu'il prenne des forces. L'oisillon fut prêt à s'envoler. Il fit un petit tour et revint aussitôt vers ce substitut de mère. Il fallut alors le baptiser : il s'appellerait *Friquet* et suivrait le chanteur tout au long de sa tournée. *Le Coquelicot* l'évoque ainsi :

Cette boule de duvet pleine de charme, qui répondait comme un chien à son nom, m'offrait toute la tendresse du monde. Dès l'aurore, il me réveillait. À l'apparition du premier rayon de soleil, il me picorait les joues de baisers pointus.

Pas question pour lui d'accepter de s'éloigner et d'aller vivre sa vie d'oiseau, dès qu'on essayait de lui rendre sa liberté, il refusait, piaillant comme un orphelin de l'Assistance publique qu'on menace.

L'aventure allait durer deux mois, et sa disparition affecterait profondément celui qui avait su l'élever. Il s'en souviendrait lorsqu'il veillerait son père qui venait de mourir :

> Pourquoi ai-je parfois éprouvé plus de chagrin à la disparition d'animaux qu'à celle d'amis, pourtant chers ?

Après *Friquet,* il adopta un hérisson qui dormait souvent avec lui. À part ce dernier point, il m'est arrivé exactement la même histoire, mon oisillon s'appelait Tipy, et les larmes me viennent dès que j'y pense et que je ressens la nature de ce lien surnaturel entre Tipy et Friquet, entre lui et moi.

*

En ouvrant la porte, je fus surprise de voir mon père, juché sur un tabouret, en train de ranger un objet dans une de ses vitrines. Il me regarda en souriant :

« Ah ! Sarah Bernhardt ! Elle a dormi où, cette immense comédienne ?

— Chez ma sœur ! »

En plus, pas de mensonge. L'affabulation avait été érigée en art. Chez mon père, c'était devenu de la pure magie. Un véritable jeu de bonneteau, il n'était jamais là où on pouvait le croire.

Après l'avoir embrassé, je filai dans ma chambre. Je m'écroulai sur le lit. Lorsque je finis par ouvrir un œil, il était déjà midi. Je n'avais pas été en cours depuis deux jours. Ça ne me ressemblait pas. J'avais la sensation que mon oiseau de nuit déployait ses ailes sur l'ensemble de ma vie. Je devais me secouer, arrêter d'attendre, en permanence, un geste ou un signe de lui.

Après avoir vécu cet au revoir sur le trottoir, je ne savais même pas si je le reverrais un jour. Sous la douche, je sentais encore les traces vibrantes de ses mains. Je pouvais respirer son odeur si particulière, mélange de cire et de chat.

Je déambulai rue de Rivoli à la recherche de petits cadeaux pour la dernière représentation. Ce soir, le rideau allait tomber sur la grande

Catherine de toutes les Russie. Pour Maria, j'avais choisi un briquet en bois d'ébène. Il ressemblait à un galet à la fois lisse et chaud.

Je lui déposerais dans sa loge, sur sa coiffeuse. J'avais tant appris, à ses côtés, durant ces quelques mois. Sa rigueur, son intelligence aiguë, sa gaîté, sa gentillesse et sa beauté auront marqué mon cœur à tout jamais. Je le savais déjà. J'achetai, pour chacun des autres acteurs, une petite boîte en laque de couleur différente ; enfin, pour Jorge et les Rezvani, des bouquets de fleurs.

Pour la dernière fois, j'entrai en scène dans mon armure blanche. Le rideau tombé, un pot d'adieu avait été organisé sur scène. Tout le monde était présent, les techniciens, le décorateur, l'administration du théâtre. Après avoir embrassé chacun, je m'éclipsai. Je me sentais comme une feuille de marronnier emportée par le vent. Il n'était pas là. Je me répétais cette phrase comme une ritournelle.

*

Dès son enfance, depuis que sa mère avait été internée, il n'avait jamais été maître de son destin. Son « athéisme-grâce-à-Dieu » l'avait toujours livré au plus simple des hasards, au gré de ses diverses adoptions.

Sylvain Itkine lui avait fait rencontrer Jean-Louis Barrault alors qu'il n'avait que 12 ans. Toute sa vie s'était déroulée selon le schéma impulsé par ceux qui avaient pris la responsabilité de sa destinée. Lui n'avait fait que la subir, du moins il n'a cessé de le dire, de l'écrire et de le chanter : il fut toujours « guidé par le hasard ».

Mais ce hasard avait bien fait les choses. Les pères adoptifs se succédèrent, tous fascinés par son charme. Eux-mêmes, je l'ai dit, étaient des êtres d'exception : Jacques Prévert, Robert Desnos, Marcel Duhamel, qu'il faut redécouvrir en lisant son autobiographie, *Raconte pas ta vie,* et qui fut pour lui un vrai père adoptif. Mais aussi Simone de Beauvoir, le producteur Jacques Canetti qui fut la figure centrale de la chanson française au XXe siècle avec ses artistes : Piaf, Trénet, Gréco, Aznavour, Brassens, Brel, Vian, Gainsbourg, Nougaro, Reggiani…

Lui, au milieu de tout ça, s'était toujours senti différent. Dans la biographie de Gilles Schlesser, les entretiens réalisés avec ses proches permettent de percevoir les contours de cette manière d'être si particulière. Il aimait à répondre, lorsqu'on l'interrogeait sur sa carrière :

> Dès le début de ma carrière, j'ai décidé de ne pas faire carrière…

Que ce soit le cinéma, le théâtre, la chanson, tout est arrivé sans que j'aie eu besoin de me battre…

Je suis un personnage que le hasard a transporté à gauche, à droite, je n'ai strictement rien fait par moi-même. On m'a toujours pris par la main. Il doit y avoir une canne blanche en moi.

Se bagarrer pour la gloire et pour le fric, ce n'est pas mon genre. La vie de dingue, les tournées affolantes, la sono qui ne marche pas, les crises de nerfs et les cures de sommeil, les tranquillisants et les remontants… Très peu pour moi.

Pourtant, poussé par Lola, sa première épouse, il s'était retrouvé en haut de l'affiche. Durant les années 1950, il était devenu tout ce qu'il détestait : une star. Les rêves de son enfance refluaient. L'initiation de son père militant communiste, tout ce qu'on lui avait appris aux Pionniers. Toutes ces valeurs auxquelles il se sentait profondément appartenir, tout cela était incompatible avec le succès.

Il finirait par rejeter ce qu'impose, surtout depuis les années 1960, le « show-business » aux chanteurs, auteurs et compositeurs. Pour lui, il n'était pas concevable que l'argent prenne le pouvoir sur la poésie. Au moment où la gloire fut là, où les ventes et l'argent suivirent, il se mit à détester tout ce système, à fuir ce milieu dont il n'acceptait plus les règles.

Quand il chantait « Le Déserteur », les choses avaient encore un sens, mais s'il fallait lutter contre la vague yé-yé, en se pliant aux lois du marketing, cela devenait absurde.

Il se dirigea alors vers une série de ruptures : avec Lola, avec sa maison de disques, avec Gallimard même, qui lui avait demandé de faire réécrire par quelqu'un d'autre son dernier livre *Le Pied-à-terre*, et qu'il sortirait dans sa propre maison d'édition, celle qu'il avait créée à ce moment-là. Renouant avec ses rêves d'enfant, il mit en œuvre, pour l'ensemble de ses activités, une coopérative ouvrière.

Rejeté par les radios et les maisons de disques, il avait fini par fonder son propre label en 1961. Les titres déferlèrent : « En dormant », « Ciel et terre », « Les jours perdus », « Méfiez-vous des fillettes », « Le long des rues de Paris », « On m'a dit », « Complainte du maquereau », « Les Feuilles mortes »... Mais le grand public l'a-t-il suivi ?

Mai 68 lui permit de partir à la rencontre d'un nouveau public, gauchiste et anarchiste, qu'il connaissait peu, comme la plupart de ses camarades communistes.

Avec *Autoportrait*, en 1970, on retrouve les titres engagés de l'époque : Vian, la reprise de « Allons z'enfants », sa haine de l'armée et des militaires, qui le conduiraient vers l'anarchisme.

Il allait quitter le PCF, au passage. En 1975, ce fut son grand retour à l'Olympia, et à la chanson populaire : « L'amour, l'amour, l'amour » et le « P'tit coquelicot » étaient à nouveau des succès. Parallèlement, il rendait régulièrement des hommages à ses amis disparus, comme Prévert.

*

Le lendemain, je retournai rue Blanche. Il fallait que je me concentre sur ma deuxième année de cours. À la fin de ce cycle, chacun des élèves serait livré au métier d'acteur, à ses doutes, ses attentes, ses espoirs déçus, comme dans *Entrée des artistes*, le film de Marc Allégret avec Louis Jouvet dans le rôle de M. Lambertin, professeur au Conservatoire d'art dramatique.

À Paris, il n'y avait que deux conservatoires nationaux, celui de la rue Blanche en faisait partie. Je retrouvai la classe de Michel Favory au premier étage de l'ancien hôtel particulier. Cet homme était un immense acteur, et aussi un professeur au don pédagogique exceptionnel.

Tous les élèves l'admiraient. Il mettait tant de force et d'engagement dans sa manière d'enseigner les grands textes. Il nous sortait de notre zone de confort, nous faisait travailler des rôles qui nous déstabilisaient.

Il m'avait demandé, quinze jours auparavant, de travailler celui de Nina, dans *La Mouette* de Tchekhov. Un cauchemar pour moi. Je ne sais pas ce qui me bloquait, ce qui m'insupportait dans ce personnage.

« Je suis une mouette », répétait Nina en contemplant le lac. Dire cette simple phrase me semblait insurmontable. Je retrouvais cette gêne à l'écoute de certaines chansons de Jacques Brel. Il faut croire que les débordements excessifs de désespoir m'irritaient.

Ce personnage de femme me renvoyait à mes propres peurs, comme celle de s'abandonner, de perdre la tête, par amour surtout. La passion me semblait bien plus belle et profonde lorsque rien ne transparaissait aux yeux du monde. Avaler le manque de l'autre comme des lames de poignards qui vous déchirent et vous brûlent, sans un bruit.

L'image de mon oiseau voyageur me hantait sans relâche. J'étais au bord d'une falaise, prise de vertige.

Une semaine plus tard, je devais me rendre, pour une dizaine de jours, à Meung-sur-Loire. Il s'agissait du tournage de ce téléfilm pour Antenne 2 sur la vie de Gaston Couté. Cet écrivain, chanteur, poète, antimilitariste et anarchiste mourut en 1911, à l'âge de trente ans. Je devais jouer sa fiancée, personnage au caractère doux et effacé. Cet après-midi, il me fallait essayer ma robe, rencontrer l'équipe coiffure et maquillage.

Comment revoir mon oiseau de sable avant mon départ ? Pas question d'aller rôder à la Villa d'Este pour voir s'il y chantait. Je n'avais personne à qui en parler. Évidemment, Christiane n'était pas censée être au courant. Plus que tout, je savais qu'il fallait le laisser aller et venir, à sa guise.

*

Lorsqu'il publia, en 1972, son livre sur Aristide Bruant, chez Seghers, dans la célèbre collection « Poésie et chansons », il avait enfin pu faire ce qu'il ne pouvait pas se permettre quand il parlait de lui : l'éloge de la chanson.

> L'art de la chanson, c'est le raccourci. En trois mots, rendre le reflet d'une époque, c'est la synthèse des rêves et des émotions à fleur de

peau, la transcription au premier degré des grandes amours quotidiennes. Ce n'est rien, et pourtant ce petit rien pénètre dans les maisons, vole de ville en ville, apportant son petit air au bonheur, à la chance.

Pour lui, si la poésie n'avait besoin de rien pour tenir debout, la chanson, elle, ne pouvait se passer de quelque chose d'organique et d'extérieur : le public. Surtout lorsqu'elle avait la chance d'être reprise par lui.

Elle ne prend son envol que par l'adhésion du public.

Chez Aristide Bruant, il reconnaissait ses propres racines, qui avaient passé l'épreuve du temps. Il nous reste de lui une centaine de textes, dont tout le monde peut dire que c'était de la poésie. En général, c'est par la mélodie qu'une chanson s'incruste dans la mémoire collective, ici, c'est le texte qui primait.

Ses contemporains avaient flairé chez Bruant ce qui deviendrait intemporel. Il suffit de voir la beauté d'une affiche de Toulouse-Lautrec, pour deviner ce que le peintre a ressenti en l'écoutant.

Parmi les six cents ou sept cents chansons de Bruant, une centaine décrivent le monde des bas-fonds et des déshérités. Il arrivait à extraire la violence pure de leur langage, de leurs idées, de la rage qui les submergeait devant l'horreur que leur réservait leur vie. Combien sont-ils, les écrivains qui parviennent à réaliser cette alchimie subtile séparant l'extrême misère de la vulgarité ?

Pour chanter Veni Creator
Il faut une chasuble d'or.
Nous en tissons pour vous, grands de l'Église,
Et nous, pauvres canuts, n'avons pas de chemise.
C'est nous les canuts,
Nous sommes tout nus.

Pour gouverner, il faut avoir
Manteaux et rubans en sautoir.
Nous les tissons pour vous, grands de la Terre,
Et nous, pauvres canuts, sans drap on nous enterre.
C'est nous les canuts,
Nous sommes tout nus

Mais notre règne arrivera
Quand votre règne finira :
Nous tisserons le linceul du vieux monde,

Car on entend déjà la révolte qui gronde.
C'est nous les canuts,
Nous n'irons plus nus.

*

Je passai quelques jours à courir un peu partout. Entre les cours de théâtre, les derniers essayages pour le téléfilm et la toute première lecture chez Jean Le Poulain pour son *Volpone*, mes journées étaient bien remplies.

À chaque nouvelle expérience, de nouvelles rencontres, même si elles n'étaient, la plupart du temps, que passagères, m'apportaient leur lot de richesses humaines, de caractères en tout genre, d'ego parfois insupportables, mais le tout était un trésor.

Je prenais le large. Je découvrais un sentiment de liberté sans limites. Par contre, pas le moindre signe de mon bel indifférent. Fallait-il que je me passe de lui ? Que j'oublie l'ivresse de ses baisers ? Que je me contente de n'être que deux phrases perdues dans un couplet ? Souvent, les larmes m'embrumaient les yeux, je les essuyais d'un revers de la manche.

En rentrant chez moi, tard dans la soirée, je passai devant la loge de la gardienne. Me voyant, elle ouvrit sa porte et me remit une enveloppe en Kraft.

« C'est un monsieur qui l'a déposée. C'est drôle, me dit-elle, je suis sûre de l'avoir déjà vu. »

Pas le temps de discuter. Dans ma chambre, assise sur mon lit, j'ouvris le petit paquet. Il s'agissait du *Pied-à-terre.* Je l'ouvris comme je l'aurais fait pour un incunable. Sur une page blanche, avant celle où se trouvait le titre, il m'avait écrit un mot :

> *Ma gamine, je voudrais tellement pouvoir t'offrir plus de temps, je désire ton visage, je pense à tes lèvres. Je vais, çà et là, j'ai tant de choses en tête. Je ne voudrais surtout pas te faire partager ma tristesse ou mes doutes. Voici mon dernier roman, j'espère qu'il te plaira et te fera sourire. Je ne te laisse pas, je m'éloigne juste un peu. J'ai hâte de te retrouver, si tu le désires toujours.*

Je serrai le livre contre mon cœur. La couverture représentait le visage raviné d'un vieillard qui faisait un peu peur. Je le déposai délicatement près de mon oreiller, je relus la dédicace des dizaines de fois. Son mot était à la fois beau et inquiétant.

Demain, dans le train pour Meung-sur-Loire, j'étais bien décidée, malgré tout, à me plonger dans ce *Pied-à-terre.*

*

Avec son livre sur Aristide Bruant, il s'était plongé dans cette question qui le préoccupait : à quelle lignée appartenait-il ? Quelles étaient ses véritables racines ? Ces interrogations, qui parcouraient le domaine de la poésie et de la chanson, rejoignaient celles qui le taraudaient dans la vie. Cette dernière demeurait un mystère pour lui, de la même façon qu'il était resté une énigme pour ses proches et pour les autres en général.

L'adoption semble être le lien qu'il avait privilégié dans sa relation avec chacun. Il avait passé sa jeunesse à rechercher des pères et des mères de substitution. Il était toujours marié avec Lola et, lorsqu'il décida de clarifier ses liens avec ses deux enfants, qui habitaient avec leurs mères respectives, c'est étrangement le même mouvement qui le fit agir : il les adopta.

Ils pourraient ainsi porter son nom. Mais ce qui est incroyable, c'est qu'il avait fait ce geste au moment où la loi permettant de reconnaître des enfants adultérins fut votée, en 1971. Il aurait pu ne rien faire. Pourtant, voilà. Une des conséquences collatérales d'une adoption plénière, c'est que la mère n'existe plus vraiment.

S'agit-il d'un méandre de son inconscient et d'une barrière infranchissable entre la mère et sa progéniture ? Probable que non. Par contre, l'obsession d'un lien plus poétique ou spirituel que biologique se manifestait, en général, dans ces moments-là. Qu'il s'agisse du passé ou de l'avenir, il avait besoin de tracer une ligne qui lui tiendrait lieu de colonne vertébrale.

S'il faut chercher les racines de ce qu'il chante et de ce qu'il écrit, il faudrait remonter au XVe siècle, avec un François Villon qui demandait déjà l'indulgence de ceux qui viendraient après sa mort :

Frères humains, qui après nous vivez,
N'ayez contre nous les cœurs endurcis,
Car, si pitié de nous pauvres avez,
Dieu en aura plus tôt de vous mercis.

Ainsi se déclinent les règles de l'adoption, telles des lois de l'hospitalité qui ne relèvent pas forcément de la charité chrétienne.

*

J'avais fait mon sac pour partir. Mon cabas sur l'épaule, j'attendais gare de Lyon. À peine mon train arrivé à quai, je grimpai dans le wagon à la recherche de ma place. Le tournage avait commencé dix jours auparavant. J'étais donc seule pour faire le voyage. Seule, enfin, pas tout à fait.

Installée près de la fenêtre, j'attrapai le livre qu'il m'avait déposé. Quel curieux titre : *Le Pied-à-terre.* Ce texte était sorti peu de temps avant notre rencontre.

En bas de la couverture, comme il avait quitté Gallimard, c'était son nom qui avait pris la place de son ancien éditeur. Avant d'ouvrir ce nouvel opus qui, je l'espérais, allait me donner des pistes pour mieux le connaître, je regardai la photo de couverture, sur laquelle un visage en noir et blanc me faisait face.

Ce visage était affreux. Ce n'était pas la vieillesse qui me rebutait, sûrement pas. C'était l'expression de cet homme aux traits si durs. Il semblait intransigeant. Curieuse entrée en matière, je n'étais pas sûre que beaucoup de lecteurs seraient attirés par ce visage au point d'acheter le livre.

Je commençai à lire ce texte relativement court. Le simple fait de tenir une part de lui entre mes mains, ne sachant même pas si je le reverrais un jour, me soulevait le cœur.

Bercée par le rythme lancinant des roues frottant sur les rails, je découvris une aventure bien singulière. Un homme de 99 ans, sans doute celui de la photo, découvre qu'il n'a pas pensé à renouveler le bail de sa minuscule concession au cimetière du Père-Lachaise, où il a décidé de se faire enterrer. Pour ne pas perdre sa dernière demeure, n'ayant pas un sou vaillant, ce vieux monsieur décide de trouver cette somme par tous les moyens. Oui, tous les moyens. Il devient figurant dans une agence de location de vieillards. Il organise des escroqueries au faux viager. Il va jusqu'à jouer le rôle de Mathusalem dans une pièce pornographique. Tout est bon à prendre, y compris de gruger une de ses anciennes élèves du temps où il enseignait le chant.

Je devinai, en traversant ses lignes, qu'au milieu de ce récit burlesque, il y avait une part autobiographique, à travers un des personnages appelé « l'étoile morte ».

Sous cet angle, je découvris que se mélangeaient des souvenirs de son enfance, son obsession de la mort et sa fascination pour les cimetières. Je pris conscience que je partageais cette obsession avec lui, sans que l'un ou l'autre l'ait évoquée. Comme si cette passion avait quelque chose d'inavouable.

Tous les dimanches matin, durant plus de dix ans, aussi loin que je m'en souvienne, c'est là que mon père m'avait emmenée me promener, comme si, pour arriver à me parler et baisser la garde, il avait besoin de toutes ces tombes.

La mort qui, malgré mon jeune âge, était omniprésente, m'avait permis de nouer ce lien particulier avec lui, car, autrement, il ne s'exprimait jamais de manière profonde, réservant ses paroles au bavardage, sans doute par une pudeur excessive.

À la fin du livre, le vieil homme réussit à réunir suffisamment d'argent pour s'offrir, enfin, son dernier « pied-à-terre ». À 99 ans, il ne doit plus être très loin du but.

En refermant son roman, j'étais troublée de le découvrir ainsi, à travers la lecture d'un texte aux accents prémonitoires. Cette façon d'anticiper sa mort brouillait ce que j'étais parvenue à capter de son indifférence à tout.

J'aurais tellement voulu en parler avec lui, qu'il soit là, sur le siège à côté de moi. Pouvoir glisser ma tête sur son épaule. À l'arrivée en gare, je vis Carole, la régisseuse du tournage, qui m'attendait sur le quai. Je l'avais rencontrée plusieurs fois, et nous nous étions instantanément bien entendues.

Pour le reste, je passai mes journées à tourner des prises de vues interminables sur un pont. Je grelottais durant des heures dans des champs, tentant d'apprendre des danses paysannes ou des chansons en patois.

Le réalisateur avait deux de tension. Cela ressemblait à un jour sans nuit. Enfin, l'acteur qui jouait Gaston Couté parlait dans sa moustache, il était sinistre. Je ne comprenais pas tout ce qu'il me disait, tant le volume sonore de sa voix semblait faible. J'avais l'impression de donner la réplique à une poupée de chiffon.

Le soir, lorsque je montais dans ma chambre, je me disais :

« Tu gagnes ta vie, et tourner dans un truc aussi rasoir, ce ne sera ni la première, ni la dernière fois. »

J'apprenais le dur et merveilleux métier de comédienne. Un soir, au milieu de la semaine, prise par le vertige et par l'angoisse que son image disparaisse, j'appelai la Villa d'Este.

« Il ne chante pas ce soir, me répondit une voix de femme. Vous désirez lui laisser un message ? »

Je raccrochai. Ce n'était pas un message que je voulais lui laisser, mais un livre tout entier, seulement voilà, je n'étais pas écrivain.

*

Avant de partir pour le tournage, j'écoutai en boucle son interprétation de la chanson de Barbara, « Dis, quand reviendras-tu ? »

Ton image me hante, je te parle tout bas,
Et j'ai le mal d'amour, et j'ai le mal de toi,

J'avais trouvé l'ouvrage qui lui était consacré dans la collection « Poésie et chansons » chez Seghers, la même que celle où il avait écrit sur Bruant. Ce recueil était sorti trois ans plus tôt.

Je n'aimais pas les soirées qui suivaient les jours de tournage. Je préférais rester dans ma chambre et me consacrer à ses poèmes. Ainsi, j'allais pouvoir m'envelopper dans ses mots comme dans une écharpe de chaleur et de frissons.

Les auteurs avaient divisé ses poèmes et chansons en trois périodes, « Hier », « Aujourd'hui » et ceux de « Toujours ». Le thème de cette dernière partie était, bien sûr, l'Amour. Je commençai par là.

Dès le premier soir, je m'allongeai, tout habillée, sur le lit, et je retrouvai tout de suite ses strophes. Certaines avaient cet aspect enfantin et excessif qu'il cultivait comme une ambivalence :

Pour un sou d'amour
Donnerai ma vie

Pour un sou d'amour
Donnerai mes jours.

Progressivement, je retrouvai cette ambiguïté entre joie et tristesse qui l'accompagnait sans cesse.

Comme un papillon
Aux ailes de péché
Venant du passé
Sur mes lèvres vole
Ce goût de bonheur
Du premier baiser

Ces phrases à double sens m'apparaissaient de plus en plus nettement au cours de la lecture. Enfermée dans la ritournelle des chansons, je ne m'en étais pas aperçue. Mais tandis que je les lisais, sans aucune mélodie, cette adéquation entre le bonheur et la souffrance me fit réfléchir sur ce que j'étais en train de vivre.

Dans ses textes, les mots pouvaient basculer à tout moment du plus lumineux au plus sombre :

On dansera l'amour
Les yeux au fond des yeux
Vers une nuit profonde
Vers une fin du monde

Dès notre première rencontre, il m'avait dit qu'il n'était pas là pour me faire souffrir. Je n'avais pas compris dans quel sens il me disait cela. Je ne voulais pas me poser de questions, ni me torturer en pensant, sans cesse, à notre différence d'âge, à nos destins contraires, au poids de sa vie, à la légèreté de la mienne. Je voulais seulement l'aimer plus d'une nuit.

*

J'étais rentrée à Paris depuis deux jours, épuisée par le sentiment de n'avoir rien fait, à part des plans sans intérêt. Le metteur en scène, qui n'avait pas une petite idée de lui-même, nous faisait recommencer sans cesse. « Il faut trouver la note », nous disait-il, l'air inspiré. Mais quelle note, puisque presque tout était en patois ? Bref, j'étais bien décidée à oublier cette pauvre aventure.

Les fêtes du Nouvel An étaient passées depuis un bon moment. Je n'aimais pas cette période d'agitation, d'achats compulsifs, d'assignation à être heureux. Adulte désormais, je ne pouvais être contrainte à accrocher des boules moches dans un sapin.

Mon père était parti skier avec sa bande de petits hommes verts. Cela faisait cinq semaines que je n'avais reçu aucun signe.

J'avais écrit une longue lettre à mon oiseau sur *Le Pied-à-terre.* Je l'avais envoyée à l'adresse où il m'avait emmenée au début de notre relation.

Cet après-midi, je donnais la réplique, dans *Le Tartuffe*, à un garçon de ma classe. Je serais son Elmire. J'étais heureuse de retrouver Michel Favory et son exigence, qui nous obligeait à ne penser à rien d'autre.

Je traînais, depuis l'envol de mon amoureux par un petit matin gelé, une sorte de mélancolie sourde, impossible à effacer. Plus jamais je ne pourrais aimer ainsi, j'en étais certaine.

Il devait être près de 19 heures, J'étais rentrée, mon père aussi, j'allais voir s'il était dans son bureau. Personne. Je m'enfermai dans ma chambre pour lire les *Carnets* de Lagrange, lorsque soudain, la sonnerie de la porte d'entrée retentit. Puis un deuxième coup de sonnette.

On aurait dit qu'il y avait le feu. En m'approchant de l'entrée, j'entendis la voix de mon père, j'avançai pour le découvrir debout, en caleçon. Je m'approchai de lui, il me regarda alors d'un air goguenard :

« Je crois qu'un monsieur te demande », me dit-il avant de disparaître comme dans un tour de magie.

Debout, sur le paillasson, mon éternel oiseau était de retour.

*

Il y a toujours eu, en France, des chanteurs engagés. Certains, comme Jean Ferrat, à travers leurs textes, notamment ceux d'Aragon, d'autres plutôt par militantisme, à travers des déclarations et autres pétitions.

En écoutant les paroles du « Déserteur » et, plus globalement, son antimilitarisme ou son engagement contre la peine de mort, on pouvait penser qu'il était l'un d'eux. Solitaire dans l'âme, avec les années, il avait de plus en plus fui tout ce qui relevait de l'instinct grégaire, des comportements de bande ou de foule, des opinions tranchées. Il était devenu, formé par la seule école de la rue, un authentique anarchiste, sans Dieu ni maître, uniquement guidé par ses émotions et ses sentiments. Un anarchiste sans doctrine, comme seul un poète peut l'être et le chanter.

Il était réfractaire à tous les systèmes, à tout ce qui se construit sur des rapports de pouvoir et selon un mimétisme qui forme les meutes. Son père ne comprenait pas : être payé pour ne rien faire choquait ce vieux travailleur manuel, et culpabilisait son fils tiraillé entre l'envie de réussir et le rappel à l'ordre de son âme de prolétaire. Cette forme d'anarchisme, très personnelle, rejoignait son rejet instinctif face à la nécessité de sacrifier sa vie privée. Il faisait de sa vie une succession de ruptures, qu'il avait, par ailleurs, beaucoup de mal à assumer, par gentillesse, par scrupule et surtout en raison d'une fragilité qui était la source de son inspiration artistique.

> Pour se maintenir au degré de réputation auquel on a accédé et après y avoir séjourné pendant assez longtemps, il faut user de moyens publicitaires qui déchirent le rideau de votre vie privée. Et moi, je me refuse à me soumettre à de tels agissements. J'ignore l'art de faire antichambre chez les producteurs, et dans le monde du spectacle, on se méfie un peu des touche-à-tout de mon genre.

Parvenu « en haut de l'affiche » dans les années 1953 et 1954, avec le « P'tit coquelicot », la « Complainte des infidèles », « Un jour tu verras » et « Le Déserteur », il mesurait l'intensité de son allergie à toute règle.

Son anarchisme s'inspirait aussi d'un dilettantisme revendiqué, qu'il assumait totalement, y compris quand il expliquait « les quelques dégringolades qui avaient marqué [sa] vie de chanteur ».

Dans *Télérama*, il s'enflammait à propos de son côté « amateur touche-à-tout » :

> Écoutez, j'ai 52 ans, je chante toujours. Bon, j'écris des romans, j'ai fait de la peinture, mais ce n'est pas interdit par la loi. Je n'ai jamais voulu devenir Rembrandt ni Proust. On édite les petites choses que j'écris, qu'est-ce que vous voulez que j'y fasse ? Je suis un amateur qui fait sérieusement les petites choses. Dans tous les domaines, il y a les majeurs et les mineurs. Je suis un chanteur de troisième ordre. S'il n'y avait que des Sinatra, qu'est-ce qu'on s'embêterait… Il faut de tout pour faire un monde.

C'était inévitable, en 1964, son contrat avec Vogue ne fut pas renouvelé lorsqu'il arriva à échéance, voyant grandir son rejet du show-business et de son monde. Il décida de créer son propre label, une coopérative, mais avec cette lucidité particulière sur ce qu'il était en train de faire :

> Je décidai donc de sauter la barrière sociale qui sépare le troupeau des petites gens de

leurs maîtres. Je devins patron, c'est-à-dire, en jargon phonographique, producteur.

Il put alors laisser totalement s'exprimer sa vision, des plus pessimiste, sur son métier :

> La chanson est devenue une affreuse histoire de gros sous.

Pour lui, les chanteurs étaient devenus de pures marchandises, vendues selon les mêmes lois du marketing que des savonnettes.

Les artistes produits par son label seraient très nombreux et rarement très soutenus. Qui se souvient de Nicole Louvier, Catherine Paysan, Rosalie Dubois, Cris Carol, Jean-Max Brua, Hélène Martin, Pol Serge Kakon, Jean Sommer, Colette Magny, Monique Morelli, Claude Mann, Gilbert Hennevic…

> Vous savez, avec cette idée de coopérative, en réalité, je n'ai jamais pu rattraper les frais d'un 30 cm.

*

Nous étions face à face, sans oser avancer d'un pas. Je le regardais, le cœur prêt à exploser.

« Tu es libre, ce soir ? » me dit-il avec ce sourire qui embrasait tout.

Je lui fis un signe de la tête. Aucun mot ne semblait plus pouvoir sortir de ma gorge tant elle était enserrée par l'émotion de le revoir. Il me murmura :

« Prends ton manteau, je t'enlève. »

Je filai dans ma chambre pour attraper mes affaires. C'est seulement après avoir descendu les trois étages qu'il m'attrapa dans ses bras. Nous étions là, enlacés l'un à l'autre, comme deux noyés qui ne veulent plus remonter à la surface. Nos lèvres semblaient ne plus jamais pouvoir se séparer.

Soudain, la porte menant à l'ascenseur s'ouvrit. C'était la voisine du dessus, une vieille dame particulièrement odieuse, en tailleur, couverte de bijoux dès le matin, qui mit fin à notre étreinte. Elle me regardait comme si le diable allait lui sauter aux yeux.

Il me prit par la main, je marchais près de lui sans savoir où j'allais. Peu m'importait. Il me demanda comment s'étaient passées ces semaines sans nous. Je lui racontai mes aventures, le tournage, les cours, le reste.

« Je crois que vous m'avez beaucoup manqué », lui dis-je dans un souffle.

Je ne voulais surtout pas le culpabiliser. Je savais déjà que l'amour ne passait pas par là. Nous étions arrivés devant ce qu'il appelait son bureau, près de la rue de Provence. Il mit les clefs dans la serrure et m'entraîna jusqu'à son lit.

Nous avions enlevé nos chaussures. J'étais allongée dans ses bras et, pour la première fois, il me parla de sa relation avec sa compagne. Je savais qu'elle s'appelait Liliane. Elle était comédienne, ça, je ne le savais pas. Je le regardais parler d'elle, ses yeux s'étaient assombris, son visage devint grave.

« Elle travaille un peu, mais c'est difficile, me dit-il. Liliane fait surtout du théâtre, elle a participé à plusieurs "Au théâtre ce soir". »

Mais surtout, je compris que cette entrée en matière était principalement un prétexte pour me mettre au courant de quelque chose qui le gênait. Il me parlait d'elle comme on évoquerait une mère abusive. Je ne voyais pas très bien où il voulait m'emmener.

« Tu sais, j'ai gardé la lettre que tu m'as écrite sur *Le Pied-à-terre*. Elle a fouillé mes poches. Elle l'a lue. À partir de là, elle s'est mise à me poser des tas de question sur toi, qui es-tu ? Comment nous sommes-nous rencontrés ? »

Je lui coupai la parole :

« Dites-moi plutôt directement ce que vous attendez de moi. »

Je lui avais adressé cette phrase pour arrêter ce flot d'angoisse qui sortait de sa bouche. Tout mon corps tremblait. Que voulait-il me dire, en reprenant cet interrogatoire que lui avait fait subir sa compagne ? Était-il sur le point de me quitter ? Était-ce pour cette raison qu'il était venu me chercher chez moi, sans prévenir ? J'avais toujours ma main posée sur sa poitrine, je sentais son cœur battre plus fort que les autres fois.

*

À force de se pencher sur lui-même, d'observer sa propre personne en train d'observer les gens, les rues, les paysages, il avait fini par créer sa propre langue, simple et évidente, qui s'écoulait à l'unisson de sa voix qui n'appartenait qu'à lui.

Ainsi s'était formé un style qu'il refusait de désigner comme poétique. Pour lui, les poètes, c'était Rimbaud, Lautréamont, Apollinaire. Il savait aussi ce qu'il devait à ceux qu'il avait croisés au cours de sa jeunesse comme Prévert ou Desnos, ce qui lui permettait de dire :

J'ai fait de la poésie par esprit de mimétisme et non par esprit de création.

Il se laissait guider, dans l'écriture, par ceux qui avaient marqué son esprit : Léon-Paul Fargue ou Queneau, comme il se laissait voguer dans la vie, au fil de l'eau ou des femmes.

Les images et les métaphores qui peuplaient ses chansons et ses poèmes ressemblaient, tant elles étaient visuelles, à des petits tableaux, pareils à ceux qu'il aimait peindre.

L'île est pointue comme une langue,
La mer est en tricot rayé,
Vertes et blanches les vagues rampent,
Comme de longs boas pâmés.

Lorsque c'était Boris Vian ou Bernard Dimey qui se mêlaient à sa voix, cela devenait inimitable. Il avait beaucoup d'admiration pour Bernard Dimey, qui écrivait pour les plus grands. Il avait présenté cet ami à Piaf et à Francis Lai. Ils fréquentaient le Lux, au coin de la rue Lepic.

On se retrouvait au Lux, le midi, bien souvent, il y avait Jean Wiéner, Bernard Dimey, Jacques

Prévert, Jean-Roger Caussimon, on rigolait parce que les touristes montaient à Montmartre pour voir des artistes et qu'ils passaient à côté de nous sans nous voir.

À cette époque, Liliane avait pris le dessus sur ses principales rivales. La vie de bohème montmartroise lui avait-elle semblé dangereuse pour leur vie de couple ? Elle ne tarda pas à le convaincre de quitter la Butte pour s'exiler à Suresnes, loin de toute tentation.

*

Mon foulard déposé sur l'abat-jour de la lampe de chevet dessinait sur les murs et au plafond des ombres chinoises. Ses cheveux se reflétaient, projetant tout autour de nous des sortes de vagues. Mes doigts imitaient un bateau pris dans la tempête, de mon autre main, je faisais apparaître deux personnages dérivant sur cette coque fragile :

« Regarde, c'est nous, lui dis-je, attention de ne pas nous échouer sur la rive, nous pourrions nous faire dévorer par un dragon. »

Il éclata de rire. Je retirai mes vêtements, il fit de même. Le printemps n'était plus très loin. Il me serrait plus fort que les autres fois, son étreinte me faisait presque mal.

« Qu'attendez-vous de moi ? »

Cette phrase, je l'avais prononcée en détachant chaque mot. Peut-être pour ne pas entendre trop vite sa réponse. Il dut le sentir. Son visage se referma. Pour la première fois, je découvrais vraiment l'autre côté de son sourire. Il s'y trouvait, sans doute, une part de dureté, de froideur et sûrement d'indifférence. Il ne disait rien, le regard absent. Il semblait ailleurs. Je caressai à nouveau son visage, dessinant de mes doigts chacun de ses contours. Son large front, ses paupières si douces, son nez si plein de charmes, ses lèvres à la fois fines et généreuses.

« Que voulez-vous que je fasse ? » lui demandai-je à nouveau.

J'étais prête à tout pour le ramener à la surface, pour qu'il cesse de m'échapper. J'avais peur qu'il me range dans sa boîte de Pandore et qu'il referme le couvercle.

« Je voudrais que tu la rencontres. »

J'avalai ma salive. Depuis l'enfance, on m'avait appris à ne rien montrer lorsque c'était nécessaire, pas d'expression forte ou démonstrative. Rester calme en toutes circonstances. Je décidai d'appliquer à la lettre ces sages conseils. Je lui demandai comment il imaginait la chose. Je le sentis se détendre. En un instant, il fut de retour.

C'est avec moi posée au creux de ses bras qu'il se mit à me dévoiler son plan. Il avait dit à sa chère Liliane, après qu'elle avait trouvé ma lettre, qu'il avait fait ma connaissance un soir, au Théâtre de la Ville, et que nous avions discuté. Ensuite, en compagnie d'amis, j'étais venue l'écouter chanter à la Villa d'Este. Puis il m'avait envoyé son livre, *Le Pied-à-terre*. Je l'écoutais, attendant de comprendre où il voulait en venir. Il termina ainsi :

« Elle veut absolument te rencontrer et que tu viennes déjeuner à Suresnes. »

Je compris alors seulement qu'il vivait là, avec elle. Je ne lui avais jamais posé ce genre de questions. Sans doute pour ne rien savoir, pour me protéger. Eh bien, j'étais servie. Désormais, une large part de mystère s'était évaporée avec les ombres chinoises.

« Et quand veux-tu que je la rencontre ? »

Je faisais tout pour que mes larmes restent là, bien au chaud, au fond de ma gorge.

« Ce samedi, ça te va ?

— Ça me va », lui répondis-je sans rien montrer.

Le reste de la nuit me fit tout oublier.

*

Il passait son temps, dans ses spectacles comme dans la vie, à disparaître, puis à réapparaître. Ainsi, à la fin de l'année 68, après les mouvements étudiants dont il s'était tenu à distance, et tandis qu'il s'était réfugié dans les usines en grève, dans un monde dont il avait les codes, tous s'étaient posé la question : mais où était-il passé ?

Il ne se produisait plus qu'en province et à la Villa d'Este dont le patron, Jacques Paoli, qui aimait particulièrement son tour de chant, lui versait des cachets en conséquence.

Seuls ses vrais fans savaient qu'ils pourraient parfois le trouver là, dans ce cabaret qui lui ressemblait si peu, devant un public qui ne lui allait pas, plus proche des attractions pour touristes que des amateurs de poésie. D'ailleurs, il ne s'attardait pas, et s'éclipsait en vitesse dès son récital terminé.

Mais ces éclipses, si elles furent fréquentes, ne prenaient jamais fin sans une renaissance spectaculaire, comme si son destin avait été fait de ces hauts et de ces bas qui lui causaient toujours une inquiétude profonde. Quand tout le monde le cherchait, il renaissait de ses cendres là où on ne l'attendait pas. Le Vieux Colombier fut ainsi mis à sa disposition pour des spectacles de sa création, entre 18 h 30 et 20 heures. Il commença par un hommage à Jacques Prévert, rappel des années 1930, du Front populaire et du groupe Octobre... La salle était pleine, et on pouvait y voir toute une nouvelle génération qui avait l'impression, un an après, de revivre les événements de Mai. Le succès était de retour. Claude Sarraute qui, en général avait la dent dure, écrivit :

> Il traduit mieux que jamais la tendresse gouailleuse de Prévert (et Kosma), son sens de l'humour et de la litote ; il dit des mots de tous les jours d'une voix sans apprêt, une voix naturelle qui refuse le secours inutile du micro... Il dit des poèmes de Prévert avec la désinvolture distraite du gars d'Aubervilliers.

Par la suite, d'autres spectacles trouvèrent leur public, tel celui consacré à Bruant... Petit à petit, un mélange de talent et de persévérance allait le ramener vers la lumière.

Au milieu des années 1970, il sortit un maxi 45 tours, avec son « Autoportrait », qui allait devenir un grand succès. On l'entendait tous les jours à la radio, la chanson devint un tube, comme au temps de ses débuts, dans les années 1950. À bien écouter les paroles, à la fois incisives et pleines de désinvolture, on reconnaît le courant qui commençait à émerger à cette époque, de multiculturalisme et d'athéisme.

Si l'idée d'un Dieu tout-puissant n'était pas du tout pour lui plaire, celle d'un Diable qui commandait l'ensemble de nos actes lui sautait aux yeux :

> Dieu est peut-être une invention de l'esprit ou une chose exceptionnelle sur la terre, mais le Diable, ça existe, le Diable, on l'a déjà vu, le Diable, ça peut être Hitler… Sur la Terre, on subit beaucoup plus les diables ; si j'ai des doutes sur Dieu, je ne doute pas du Diable.

*

Après trois nuits à avaler le plafond, à compter les araignées qui défilaient dans ma tête, après trois jours à faire semblant d'être là, à écouter sans entendre, un taxi me conduisit devant le pavillon de Suresnes.

Je n'avais fait aucun effort vestimentaire, je n'allais pas non plus apporter des fleurs à sa chère et tendre.

Je tremblais comme si j'allais jouer seule en scène devant une salle exclusivement composée de critiques de théâtre. Le cœur proche de l'explosion, les poings serrés, je contemplai la façade derrière laquelle mon oiseau de passage avait élu domicile. J'avais tout imaginé à son propos, sauf ça.

Souvent contrainte d'être loin de lui, j'essayais de me figurer sa vie. Je le voyais déambuler dans un grand atelier inondé de lumière, ou bien sur une péniche le long des rives, près du pont Van-Gogh. Ou encore dans une maison au bord d'un ruisseau, quelque part au milieu d'une forêt très dense.

Ce pavillon ne lui ressemblait en rien. Mon dilemme était simple : ou je partais tout de suite en courant, ou bien j'allais jusqu'au bout de cette expérience qui me faisait grincer des dents. Et puis, même une fois devant la réalité, face à la tristesse de cette maison, mon amour pour lui l'emporta sur le reste. Je sonnai.

Il apparut sur le perron. Son sourire était toujours aussi solaire, mais ses rayons avaient du mal à m'envelopper, tant j'étais pétrifiée de honte. Son regard était doux et résigné, comme s'il avait voulu s'excuser, me faire comprendre qu'il n'y pouvait rien.

J'avançai. Liliane m'attendait dans le salon. Comme devant une sorte de Mme de Fontenay, je me sentais prête à passer l'examen de Miss France.

« Bonjour, madame », lui dis-je en faisant cette discrète révérence que l'on m'avait si bien apprise.

On était loin de la rue de Provence et de nos fous rires avec les filles qui attendaient le chaland.

« Asseyez-vous », me dit-elle d'un air faussement chaleureux.

Je regardai autour de moi. Le décor était bien de Roger Harth. Rien, pas un objet, pas un meuble ne ressemblait à l'homme que j'aimais. Il s'était sagement assis, légèrement en retrait, attendant sans doute que « je passe à la question », ce qui ne tarda pas.

Comment nous étions-nous rencontrés ? Étais-je allée à la Villa d'Este ? S'ensuivit toute une série d'autres pièges à souris dans lesquelles elle aurait bien aimé m'attraper.

Pour contrer cet interrogatoire, je décidai à mon tour de la questionner. Je la suivis jusqu'à la cuisine, puis je l'aidai à tout mettre sur la table du séjour, qui servait aussi de salle à manger.

Plus question de lui laisser la main. Je m'intéressai à elle, à sa vie, à son enfance, à sa carrière, surtout à sa carrière, à sa rencontre avec l'oiseau, « mon » oiseau. Comment avait-elle réussi à le mettre en cage ? Elle se mit à raconter, à rire franchement, ses mains s'envolaient, dessinaient des arabesques dans l'air. Son visage, très maquillé, se transfigurait. Elle devenait enfin l'unique centre d'attention.

Lui ? Je le regardais en coin en train de manger son rôti aux petits pois, la tête baissée. Il n'avait toujours pas prononcé un seul mot.

Pour le dessert, la propriétaire de la cage rouillée avait préparé une tarte aux pommes. Son regard ombré de mauve s'était adouci, elle me parlait presque avec une certaine tendresse. La dernière bouchée avalée, mon cher entravé prononça enfin ces quelques mots :

« Tu veux venir voir mes dessins ?

— Avec plaisir », lui répondis-je sur un ton suave.

Je le suivis alors dans son bureau au premier étage. Il ferma la porte derrière nous et m'attira dans ses bras. Il me serra si fort. Je lui murmurai deux mots à l'oreille. Il prit mon visage entre ses mains et déposa un très rapide baiser sur mes lèvres.

Il y avait des tableaux qu'il avait peints, posés au sol, il sortit des dessins d'un carton. Je regardai ses œuvres ; c'était peut-être, chez lui, ce qui me touchait le moins. Cette réflexion était sans doute liée aux circonstances. Sa vision me semblait un peu naïve, dessinait-il une enfance rêvée, ou un paradis inatteignable ?

Après être redescendue, je pris congé de mon hôtesse, la remerciant encore pour cette si gentille invitation. J'errai dans les rues de Suresnes à la recherche d'un bus. J'étouffais trop pour essayer de prendre le métro, j'avais peur d'y perdre connaissance, il me fallait oublier à tout prix ce déjeuner.

*

Le temps, je le répète, occupe une place centrale dans ses écrits comme dans ses chansons. *Avec le temps,* comme le chante Léo Ferré :

On oublie les passions et on oublie les voix
Qui vous disaient tout bas les mots des pauvres gens
Ne rentre pas trop tard, surtout ne prends pas froid.

Ce sont souvent ces mots qu'il reprend pour enrayer sa nostalgie. Dans *Le Coquelicot,* il détaille le temps comme un objet concret qu'il regarde sous toutes ses facettes :

> Chaque année les choses, les amis, les gens s'éloignaient de moi, je n'avais même pas le temps de voler un sourire au printemps. Je

ratais les étés, un peu moins les automnes. Je chantais devant des publics de plus en plus clairsemés, qui, à travers moi, cultivaient la nostalgie de leur jeunesse.

La question obsédante qu'il se posait était : quand, comment avait-il perdu le goût du bonheur ? Pour ceux qui l'ont connu, cette façon de se torturer était surprenante. Tout, dans sa vie, disait le contraire.

Il ne dissimulait pas sa joie de vivre, mais c'est la chanson, même plus largement l'écriture, qui l'attirait vers la tristesse, comme si cette dernière était le seul vêtement correct avec lequel on pouvait habiller les mots.

Le temps, celui qui se dérobe, est le nec plus ultra de cette esthétique. Peut-on imaginer une chanson de Barbara qui serait joyeuse, avec, partout, un goût prononcé pour le bonheur ? Le temps est aussi le principal ennemi de la chanson. Considérée comme un art mineur, elle n'est que plus soumise, comparée à la littérature ou à la peinture, à l'usure rapide.

Chaque nouvelle génération est supposée plonger la précédente dans la désuétude. Pour les artistes, surtout s'ils sont en plus les auteurs de ce qu'ils chantent, devenir passé de mode, ringard, comme on dit, est une angoisse permanente. Le succès semble si facile, et si furtif, parfois. Une petite mélodie, un refrain qui frappe les esprits, l'air du temps, impalpable, qui est là, et c'est la voie toute tracée vers la popularité, la gloire, l'hystérie pour certains et même la fortune.

C'est peut-être dans ce domaine que le rapport entre les candidats et les vainqueurs est le plus étroit. On peut le mesurer par le succès incroyable des émissions de variétés qui ont, elles aussi, leurs modes, mais qui restent les émissions préférées du public.

On ne peut pas être surpris par la violence rentrée de la compétition. Par une déformation étrange de la perception, tout le monde, ou presque, est persuadé de bien chanter. Ceux qui chantent faux, et ils sont très nombreux, ne s'entendent pas et ne comprennent pas pourquoi les maisons de disques ne sont pas à leurs pieds pour en faire des stars. Le très petit nombre d'élus rend, souvent, la compétition agressive. Rien ne transparaît, tous appartiennent à une seule grande famille, mais derrière les décors, la bataille est rude entre les rares survivants.

Un artiste qui affronte seul le public, qui incarne cette volatilité du temps, ressent un trac à nul autre pareil, il sait qu'à tout moment, sa carrière peut s'arrêter.

*

Le soir tombait. Seule sur mon lit, je me sentais comme une poupée désarticulée. Je ne comprenais pas exactement ce que je venais de vivre, ni les raisons qui avaient poussé mon oiseau de malheur à m'attirer dans ce qui pouvait passer pour un piège, ce qui ne lui ressemblait pas. Je préférais penser qu'il me prouvait ainsi qu'il voulait sauver notre relation en la protégeant des menaces de la jalousie.

Le fil qui entourait sa patte semblait bien lourd à porter. Mais après tout, j'étais sans doute aussi responsable. Les garçons de mon âge me dégringolaient des mains. Je détestais leur peau lisse, leur figure conquérante, leurs certitudes triomphantes et leur conversation sans relief. Seuls les creux, les bosses et les failles me rendaient perméable à l'amour, comme si le temps, déjà mort, donnait aux sentiments des vertiges bien plus profonds.

*

Le lendemain, je devais retourner en cours, et en fin de journée, j'avais une audition pour une reprise du *Marchand de Venise* au théâtre de Boulogne. J'allais enfin trouver le sommeil lorsque mon père passa une tête par la porte de ma chambre qui était restée entrouverte :

« Dis-moi – il menait son enquête avant même de me dire bonsoir –, le monsieur à qui j'ai ouvert la porte l'autre jour, c'était bien… »

Je hochai la tête pour lui confirmer qu'il avait bien vu. Il releva ses lunettes pour les poser sur son front. Après m'avoir regardée, il resta un moment debout, silencieux, comme il le faisait quand il hésitait à dire ce qu'il pensait. En général, dans ces cas-là, il préférait garder le silence. Puis il disparut dans le long couloir qui nous séparait.

J'entendis, quelques minutes après, un claquement de porte venant de l'entrée. Mon père devait être sorti pour rejoindre un de ses interminables dîners en ville.

J'en profitai pour aller à la cuisine boire un verre de vin. Je n'ai jamais aimé l'alcool, mais j'espérais que cela pourrait m'assommer. Il fallait à tout prix que je me rendorme.

Assise à la table, je regardai, sur les murs, les affreuses toiles d'Élisée Maclet. Ces tableaux représentaient le Sacré-Cœur, la butte Montmartre, et surtout le cabaret Au Lapin Agile, qui avait vu défiler tant de génies, de Picasso à Pierre Mac Orlan, de Jean-Roger Caussimon à François Billetdoux. J'aurais rêvé d'y aller ce soir-là, d'y retrouver mon amoureux en haut de la rue Saint-Vincent.

La sonnerie du téléphone me fit sursauter. Une tache rouge dessina une coulée de vin sur ma chemise, semblable à du sang. Je décrochai.

« C'est moi, me dit-il, pardonne-moi encore pour ce déjeuner stupide, mais tu as fait sensation et tu as dissipé tout malentendu. »

Ce dernier mot me blessa, mais je n'en laissai rien paraître. Ma passion pour lui était la plus forte, je pensais que jamais, il ne pourrait me faire souffrir. Cette idée était le corollaire de ce que je ressentais dans notre relation, faite de joie de vivre et de fantaisie.

« Je voudrais que tu sois dans mes bras, enchaîna-t-il, avec sa voix de canaille.

— Et moi, si vous saviez, lui répondis-je, les larmes au bord des yeux, sans que je puisse me l'expliquer.

— Je pars chanter le week-end prochain, si tu es libre, je t'emmène. Je déposerai un mot chez ta gardienne pour te dire où on se retrouve. »

Je ne lui posai aucune question, comme à mon habitude. J'écoutais chacun de ses mots comme si je les collectionnais, un à un.

Au bout de notre chemin, j'en aurais ramassé des centaines, je pourrais alors les ranger dans un coin de mes souvenirs, qui sait, un jour, ils remonteraient peut-être à la surface de mon esprit, comme par magie.

« Oui, oui, lui répondis-je. J'attends votre lettre. Je voudrais dormir avec vous.

— Moi aussi », me répondit-il avant de raccrocher.

*

On me prend pour vous
On vous prend pour moi
Ressemblance féconde
Du Juif et de l'Arabe

Kabyle de la Butte
Sarrazin de Toulouse
Ainsi se répercutent
Dans du noir et du rouge.

Je serais anarchiste
Comme vous, cher frangin,

S'il n'y avait là, qui geint
Dans ma vierge âme bistre

Un ange, qu'on ne peut nier

Voici un poème des plus rares, signés par un des très grands de la chanson française, Claude Nougaro. C'est si exceptionnel qu'on peut se demander si cet hommage à un contemporain n'est pas unique en son genre.

Ce qui le rend particulier, c'est que ces deux artistes, nés tous les deux dans les années 1920, appartiennent à la même génération. Il peut arriver qu'un chanteur de génie rendre hommage à un poète, mais il vaut mieux qu'il soit mort depuis longtemps, et que sa gloire soit déjà largement établie.

Par ailleurs, cela peut donner de magnifiques résultats, comme le poème de Victor Hugo, repris à sa façon par Brassens, « Gastibelza » :

Dansez, chantez, villageois, la nuit tombe
Sabine un jour
A tout vendu, sa beauté de colombe
Tout son amour,
Pour l'anneau d'or du comte de Saldagne
Pour un bijou

Le vent qui vient à travers la montagne
M'a rendu fou

*

Le printemps avançait. Jean Le Poulain avait pris possession du théâtre Mogador pour les toutes dernières répétitions de *Volpone*. Le grand départ était prévu un mois plus tard, direction Vaison-la-Romaine pour une série de représentations.

Quatre jours après le fameux déjeuner de Suresnes, un mot avait atterri chez ma gardienne. Je devais donc prendre un billet de train pour Nantes, me rendre à un hôtel du centre-ville, demander les clefs de la chambre réservée à son nom. La réception serait au courant. Il suffisait, ensuite, que je l'attende dans sa chambre. C'était la première fois que j'allais dans cette ville. Mon sac hissé sur le porte-bagages, je regardais défiler le paysage noyé par le soleil.

Je ne pouvais détacher de mon esprit le refrain d'une de ses ritournelles.

Et comme dit ma concierge, qui écrit des chansons
C'est la faute à personne si les gens sont trop cons

Je souriais toute seule, en lisant *Un garçon sans importance,* livre qu'il avait publié en 1972. La simple idée de le retrouver, de lui prendre la main, de respirer à nouveau son odeur m'aurait embarquée au bout du monde. Évidemment, j'aurais préféré faire le voyage près de lui, mais une passagère clandestine se doit de le rester. Un serment ne doit jamais mentir.

L'homme aux clefs d'or de l'hôtel m'accueillit derrière son comptoir. Il me remit la mienne avec beaucoup de courtoisie. Troisième étage, chambre 37, la porte était entrouverte, je la poussai timidement.

C'est alors qu'il m'attrapa et me serra contre lui. Nous nous embrassâmes debout au milieu de la pièce sans pouvoir nous arrêter. C'est sous les draps que nos retrouvailles prirent corps.

Nous restâmes ensuite un moment silencieux, il caressait ma main. Je mourais de soif. J'attrapai du jus de fruits dans le petit frigo de la chambre. Lui avait disparu dans la salle de bains. Il se préparait pour se rendre aux derniers réglages son en compagnie de ses musiciens.

C'est plus tard, à l'abri des regards, dans un coin sombre, depuis le balcon, que j'allai l'écouter chanter. La salle était comble. Des gens de tous les âges. C'était la première fois que je le découvrais dans une grande salle. Il semblait si heureux.

Entre deux refrains, il racontait des histoires, des anecdotes sur sa vie. Le public l'applaudissait avec émotion au moment de ses chansons les plus connues.

À la fin, il reçut une ovation, des roses furent jetées sur la scène. Les gens scandaient son nom. Je m'éclipsai, pareille à Françoise Dorléac dans *La Peau douce* de François Truffaut. Je me voyais dans une scène, en accompagnatrice de Jean Desailly, venu donner des conférences littéraires sur Gide en province, et y emmenant sa maîtresse cachée. La pauvre restait seule à errer dans une ville déserte où tout était fermé.

Au bar de l'hôtel, j'avalai une soupe, puis je montai l'attendre dans notre chambre. La fenêtre grande ouverte, j'allumai une cigarette, l'air était d'une douceur infinie. J'étais apaisée.

Les heures défilèrent ensuite, pourtant, ma passion pour lui demeurait vive. J'avais aussi compris, depuis un moment déjà, que le mode d'emploi ne changerait pas, et qu'un jour, ce serait à moi de m'envoler.

Il dut entendre mes pensées. Quand il fit irruption dans la chambre, il était presque minuit.

Nous marchâmes dans Nantes enlacés l'un à l'autre. Je lui racontai mon émotion profonde de l'écouter chanter dans une si grande salle. Je lui dis pour la millième fois combien je le trouvais beau. C'était la vérité. Pour moi, il était irrésistible.

À 2 heures du matin, je m'endormis dans ses bras. Mon train pour rentrer à Paris était prévu à 10 h 20 en gare de Nantes. L'amour, pour moi, était-il devenu indissociable de la clandestinité ?

*

L'oiseau de plumes avait écrit onze livres. Tous, d'une certaine façon, consacrés à sa propre vie. Est-il vrai, comme l'avait prétendu François Nourissier, ce critique littéraire aujourd'hui oublié, qu'« il n'avait pas reçu la grâce d'écrire » ? Avec le temps, c'est pourtant le rapport inverse qui s'impose entre l'écrivain et le critique. La répartition de la grâce est toujours du côté des artistes.

Le lire, dans ses exercices autobiographiques, était toujours un véritable plaisir. Comme dans ses chansons, le style en était très simple en apparence, mais en réalité toujours recherché, avec un amour des mots qui lui donnait à la fois de la fluidité et la plus grande précision.

Il sculptait la langue, l'inventait parfois, pareil à son maître Céline, auquel on pense au détour de certaines formules, comme dans « Le petit invité » :

N'eût été la guerre, on se serait cru heureux

Un peu affecté par l'injustice de certaines critiques, il déclara :

> Des critiques ont dit que je ne savais pas écrire. Alors j'ai écrit pour mon plaisir. Si ça se vend, tant mieux, si ça ne se vend pas, tant mieux aussi.

Il est très possible que les vents contraires de l'esprit de clocher se retournent et qu'une nouvelle génération de lecteurs, découvre, un jour, la modernité de cet artiste, prêt à briser toutes les chaînes du conformisme.

*

Mon oiseau migrateur poursuivait sans moi sa route. Une série de concerts à travers les villes et les champs l'attendait.

De retour à Paris, je repris le chemin des cours et des répétitions. J'avais trouvé, dans cette nouvelle aventure de *Volpone*, autant de gentillesse et de chaleur qu'avec *La Mante polaire*. Les gens, l'ambiance, la vie de la troupe n'avaient pourtant rien à voir avec la précédente pièce, mais le travail acharné, le bonheur et le sentiment de plénitude étaient au rendez-vous.

Je n'avais pas fêté mes dix-neuf ans, je détestais depuis l'enfance les anniversaires et les mariages. En fait, je supportais mal l'attention des autres portée sur moi, sauf sur scène où je me sentais légitime.

Le séjour et les représentations de *Volpone* au festival de Vaison-la-Romaine se déroulaient de façon magique. Jean Le Poulain était à la fois drôle, mordant et attentif.

C'était mon premier rôle vraiment lourd et complexe. Malgré le trac qui toujours me dévorait, je tâchais de dominer ma peur.

Tandis qu'il me semblait parti au bout du monde – impossible de se joindre –, un fil indestructible le faisait vivre constamment dans mes pensées. Je me demandais où il pouvait bien être, que faisait-il ? Je repensais à la maison de Suresnes, à ce déjeuner surréaliste. Je savais que la limite était là, et que tout ce que nous pourrions vivre ensemble le ramènerait sans cesse vers ce navire, pavillon en berne, aux murs sans charmes et sans relief.

En rentrant à Paris, je découvris, dans une grande enveloppe, une sublime photographie, un portrait de lui réalisé par ma sœur. Un cliché unique, un seul tirage. Un instant fugace devant son objectif, où mon oiseau captif était allé sceller notre pacte secret. Je la déposai dans le tiroir de mon bureau en me faisant le serment de la garder intacte tout au long de ma vie.

Lors de notre première rencontre, je m'étais juré de n'être jamais une entrave dans sa vie, faite pour la liberté la plus absolue. Je ne m'étais même pas posé la question autrement, tant essayer de changer l'être aimé me semblait à l'opposé de mon caractère.

On était en 1978, à mon âge, j'aurais dû n'être qu'insouciance et légèreté. Je l'étais, sans doute, mais c'était toujours mêlé à une forme de gravité et de mélancolie. Rien, dans ma vie, ne le justifiait. C'était ainsi, c'était mon tempérament.

Je retrouvais, chez cet homme de 56 ans, le même paradoxe. Et j'étais fascinée par le fait d'aimer un artiste qui avait connu le Paris des années 1930, au temps où elle avait été la capitale de toutes les cultures. Il en faisait partie et j'avais, auprès de lui, l'impression de partager ce bien si précieux, tant il en était imprégné comme on le serait d'une essence rare.

*

Une langue porte en elle une force mystérieuse qui la fait grandir, depuis ses origines lointaines, souvent inconnues, jusqu'à l'horizon qui la guide vers un apogée difficile à deviner. Ainsi, notre langue française semble s'être dirigée vers le chant, comme en témoignent des moments qui peuvent nous sembler incroyables, et qui, pourtant, l'ont bel et bien construite. Quand la cathédrale Notre-Dame de Paris n'en était qu'à la première phase de son chantier, à un moment qui nous semble perdu dans un très lointain Moyen Âge, s'écrivaient des poèmes qui nous parlent toujours aujourd'hui. Cette langue décrit ces demi-teintes qui nous représentent avec une immuable précision. J'y avais pensé un jour où, passant devant la cathédrale, je tentais de saisir ce paradoxe, chez lui comme chez moi.

Je songe à ces vers qui ont traversé le temps, et dont le cœur bat au rythme de nos vies contemporaines. Traduits en français moderne, ils me parlent de lui, durant la période où nous nous sommes connus, comme si c'était des paroles qu'il aurait écrites :

Que sont mes amis devenus
Que j'avais de si près tenus
Et tant aimés

Ils ont été trop clairsemés
Je crois le vent les a ôtés
L'amour est morte

Ce sont amis que vent emporte
Et il ventait devant ma porte
Les emporta

Ce qui m'impressionne, dans ces strophes, vieilles de huit siècles, c'est le minimalisme des mots utilisés pour exprimer toute la richesse des sentiments contradictoires, aussi fragiles que les vitraux qui reflètent la lumière.

Je retrouve cette jubilation du jeu de correspondance entre les choses désignées et les verbes qui les mettent en mouvement : l'écho de la *porte* dans le verbe *emporter*, le miroitement des *amis* dans l'*amour* qui peut être morte. Et le jeu de miroirs de ces quatre éléments, pour ne traduire qu'un sentiment de tristesse dépeint avec ironie.

Reste que ces vers, il ne les a pas chantés. C'était peut-être trop…

*

Après Vaison-la-Romaine, j'étais allée, pour quelques jours, au Festival d'Avignon. Il s'agissait d'une série de lectures avec d'autres comédiens, un atelier ouvert au public autour de la pièce de Luigi Pirandello : *Six personnages en quête d'auteur*. Puis j'étais rentrée à Paris.

Au début de ce mois d'août, une chaleur brûlante rendait l'air irrespirable. Pour ma part, je n'étais pas en quête d'un auteur, mais d'un mirage. Pas une lettre, pas le moindre signe ne m'attendaient à mon retour. J'avais beau me raconter que la gardienne était en vacances et que sa remplaçante n'était là que le matin, aucune de ces pensées trop rationnelles ne venait apaiser mon inquiétude, ni le désir impérieux de le revoir.

Je ne voulais pas repartir. Et puis, pour aller où ? Chez des amis ? Au paradis ou en enfer ? Sans lui, tout se ressemblait. Je préférais rester chez moi sagement, comme lorsque j'étais enfant, assise, durant des heures, sans bouger. Nul doute que j'attendais quelque chose, ou quelqu'un, qui ne viendrait jamais.

Tout était désert dans l'appartement de mon père. Les volets fermés, ce lieu était hanté par des ombres. Parfois, dans le noir, il me semblait entendre des gens parler à voix basse.

Une fin d'après-midi, je sortis faire des courses. J'avançai le long du Faubourg, la tête baissée. Je fis à peine quelques pas et je levais les yeux. Mon oiseau noir m'attendait au coin de la rue.

Je crus, un instant, que mes jambes allaient me lâcher. Nous restâmes immobiles à nous regarder, sans oser faire un geste. Il ouvrit alors ses bras, je revois mon visage au creux de sa poitrine, mes larmes se déverser, comme si le bonheur allait me noyer.

Après un long moment serrés l'un contre l'autre, je le pris par la main. Je l'emmenai chez moi. À peine après avoir rangé les deux sacs de victuailles dans le réfrigérateur, on se fit des sandwichs, les tableaux de Maclet accrochés au-dessus de nos têtes.

Il me raconta son été. Je lui racontai le mien. Je savais qu'il fallait vivre cet instant avec ferveur. Je dévisageais chaque parcelle de son visage. Il était doux, heureux, nostalgique aussi. Quelque chose, en lui, avait pris le large. Depuis notre éloignement, je sentais une fêlure à peine perceptible.

« Alors, montre-moi où tu vis. »

Je l'emmenai dans ma chambre. Elle donnait sur une cour pavée. J'ouvris la fenêtre. Tout, autour de nous, était plongé dans le silence. Il vint derrière moi et me prit par la taille. Au creux de mon nid, à la nuit tombée, mon lit de jeune fille porterait pour toujours la trace de nos corps.

*

D'après ce qu'il dévoilait dans ses entretiens, son handicap existentiel était d'abord une question de caractère :

> Je vais essayer de comprendre pourquoi j'ai un caractère comme ça, qui n'a pas voulu jouer vraiment le jeu de la vie.

Jouer le jeu, c'est probablement ce qu'il a toujours refusé de faire, mais dans tous les domaines. Le résultat fut une personnalité qui apparaissait d'emblée comme authentique et sincère, sans les tricheries et faux-semblants habituels. Ce qui explique, en partie, pourquoi le public l'a toujours aimé et suivi dans toutes ses aventures.

En réalité, et contrairement à ce qu'il prétendait, le succès fut toujours là, pendant les plus de cinquante ans de sa vie d'artiste. On l'appréciait, on le trouvait sympathique, humain, irrésistible de charme et de sensibilité. Ce fut vrai dès sa jeunesse, comme acteur de théâtre et de cinéma, puis chanteur et parolier, poète, écrivain et même peintre.

On ne pouvait que l'aimer. Il était irrésistible, et sa tendance à l'autodénigrement en faisait partie. Tout le monde pouvait s'y reconnaître, et ce n'était pas factice.

En ayant fait, de sa propre personne, le centre de sa création, il avait trouvé, dans ce spleen sans limite, un territoire à explorer en long et en large.

Sur les bords de ce fleuve,
Régnera la mélancolie,
Je serai seul, loin des amis
Et des seuls yeux qui m'émeuvent.
Et dans un lourd parfum d'exil
Mon cœur se gonflera de toi.
Je me souviendrai de nos joies
Quand nous allions de ville en ville.

La part laissée à l'onirisme prend chez lui le dessus sur la triste réalité, et l'habille toujours d'un vêtement d'une élégance infinie. Comme à la fin de ce poème qui précède, et s'appelle « Le songe », ou au début de celui qui suit et qui s'appelle « Rêve » :

Nous partirons vers la rivière
Par une forêt d'arbres morts
Cherchant des couches buissonnières
Pour y mourir à deux encore.

Cet homme ne pouvait pas rater sa vie, car il avait passé son temps à la rêver.

*

Au long des jours
Je fais l'âme et l'amour
La haine et la tendresse
Et je cours les princesses
Jusqu'à ce qu'amour cesse

Les aiguilles du temps avaient pris la fuite. La vie était passée sans nous. L'amour m'avait emportée ailleurs. Mais jamais mon oiseau perdu ne quitta mes pensées. Souvent, il resurgissait au détour d'une chanson. Sa voix traversait les ondes, et le souvenir de nos échappées clandestines refaisait surface.

Je pouvais à nouveau dessiner son visage, sentir son odeur flotter dans l'air.

Je n'avais pas compté les mois, les années, qui m'avaient séparée de lui.

Un soir de printemps, je décrochai le téléphone. Dès la première syllabe, je sus que c'était lui.

*

Il désirait me voir.

Le lendemain, lorsque j'arrivai près du Flore, je l'aperçus de loin. Il m'attendait, assis à une table en terrasse, comme autrefois.

Cette journée était abreuvée de soleil. Je tremblais comme une poussière d'automne. Je le vis lever la tête. Je lui faisais face. Même si son visage s'était creusé, il restait identique à mes souvenirs.

Seul son sourire me sembla plus pâle, moins solaire. Nos mains se retrouvèrent comme si jamais elles ne s'étaient lâchées. Nous nous regardions sans dire un mot, pris dans une machine à remonter le temps. J'étais à nouveau prête à le suivre, là, maintenant, n'importe où.

Il m'avait appelée pour me dire adieu. Il souffrait d'une maladie qu'il ne voulait pas soigner. Elle avait envahi de nombreux territoires de son corps, il était trop tard pour la combattre.

Je sentais chez lui des regrets mêlés de lassitude. Plus il me parlait, plus mes mains serraient les siennes. Les heures passaient. Je l'écoutais se raconter. Je ne voulais pas en perdre une seconde. Pourtant, inexorablement, nous allions, de nouveau, devoir nous séparer. C'est lui qui, le premier, se leva. Abrités sous un porche, nous nous sommes enlacés. Je retrouvai le goût de ses lèvres, la chaleur de son corps. Je mis mes mains dans ses cheveux obscurs.

Il me regarda encore un instant, puis, après avoir caressé mon visage, il releva le col de son caban, et je le vis disparaître.

Du même auteur, suite

Le Chemin des sortilèges, Éditions Léo Scheer, 2008

Claude, Éditions Léo Scheer, 2009

Car ceci est mon sang, Éditions Léo Scheer, 2010

Le Fantôme du fauteuil 32, Éditions Léo Scheer, 2011

Laisser les cendres s'envoler, Éditions Léo Scheer, 2012 ; J'ai Lu, 2013

Maladie d'amour, Éditions Léo Scheer, 2014

Le Père-Lachaise, jardin des ombres, Michel Lafon, 2014

Place Colette, Éditions Léo Scheer, 2015

La Mémoire des squares, Michel Lafon, 2016

Ma vie sans moi, roman, Éditions Léo Scheer, 2017

Des reins et des cœurs, Éditions Léo Scheer, 2019

Roman, Éditions Léo Scheer, 2020

Danger en rive, Éditions Léo Scheer, 2021

Achevé d'imprimer en juillet 2022
sur les presses de la Nouvelle Imprimerie Laballery
58500 Clamecy
Dépôt légal : janvier 2023
N° d'impression : 206676
Imprimé en France